가즈나이트 R
Gods Knight R

이경영 판타지 장편 소설
FANTASY FRONTIER SPIRIT

가즈 나이트 R 4

이경영 판타지 장편 소설

초판 1쇄 찍은 날 § 2010년 12월 20일
초판 1쇄 펴낸 날 § 2010년 12월 27일

지은이 § 이경영
펴낸이 § 서경석

편집팀장 § 서지현
편집책임 § 박우진
편집 § 주소영 · 어정원

펴낸곳 § 도서출판 청어람
등록번호 § 제1081-1-89호
등록일자 § 1999. 5. 31
어람번호 § 제1-1211호

주소 § 경기도 부천시 원미구 심곡2동 163-2 서경B/D 3F (우) 420-822
전화 § 032-656-4452 팩스 § 032-656-4453
http://www.chungeoram.com
E-mail § chungeoram@chungeoram.com

ISBN 978-89-251-2384-4 04810
ISBN 978-89-251-2296-0 (세트)

이경영 판타지 장편 소설
FANTASY FRONTIER SPIRIT

가즈나이트 R

GodsKnight R ④

청어람

CONTENTS

CHAPTER 14
그들의 우두머리

성격이 좀 이상하긴 하지만 케롤은 또래의 젊은 악마들 가운데에서도 그 능력을 분명히 인정받는 자였다.

악마왕 디아블로가 직접 관리하는 직속 부대의 대장이라는 간판은 디아블로의 신하로서 오랫동안 일을 해온 그의 아버지 덕분에 단 것이 아니었다.

그런 그가 환형동물 수준의 지능을 가진 윔의 숨바꼭질 때문에 고생하는 것은 사실 있을 수 없는 일이었다.

이것은 케롤 본인의 망신에서 끝날 문제가 아니라 악마 전체의 망신이나 다름없었다.

웜들을 쫓아 끝없이 도시 위를 날아다니던 케롤이 어느 순간 멈췄다.

낫을 든 그의 두 팔은 아래로 축 처졌고 가뜩이나 하얀 얼굴은 심각하게 탈색되어 파르르 떨렸다.

그는 오른손으로 안경을 벗으며 헤벌쭉 웃었다.

"그, 그래. 이건 어떤 놈이 날 질투해서 건 환각이야. 내가 이런 벌레들 따위를 쫓아가지 못할 리가 없다고! 난 위대한 트리비터 가문의 차남이란 말이야!"

떨리는 손으로 안경을 쓴 그의 입이 굳게 닫혔다.

웜들이 도시에서 한꺼번에 튀어나오더니 정확히 그를 향해서 갈색의 두꺼운 몸뚱이들을 흔들었다.

그것은 명백한 도발이었다.

"아아⋯⋯."

액자에 담겨도 충분할 만큼 훌륭한 그의 미모가 급격히 빛을 잃었다.

그의 정신이 본격적으로 붕괴되려는 찰나, 피가 터지듯 그의 이마에서 붉은색의 문장이 나타나 빛을 발했다.

[뭘 하는 게냐, 케롤라흐 람 트리비터.]

머릿속에서 울리는 그 목소리에 케롤의 눈빛이 퍼뜩 돌아왔다.

그것은 땅이 갈라질 때 터뜨리는 비명처럼 묵직하면서도

오싹한 목소리였다.

어둠 속에서 인간의 영혼에 집착하며 살아가는 조무래기 악마는 결코 낼 수 없는 그런 것이었다.

케롤은 왼손으로 자신의 앞머리를 헤치고 이마에 떠 있는 문장을 눌렀다.

"디아블로님!"

그는 너무 놀란 나머지 자신이 섬기는 왕의 이름을 입에 담았다.

[부족한 놈이로다. 고작 땅벌레들 따위에 현혹되어 미쳐 가다니, 네가 그러고도 내 부하란 말이냐?]

"예? 소, 소인의 모든 것을 지켜보셨다는 말씀이십니까?"

[잊었느냐? 네 눈과 네 귀는 언제든지 내 것이 될 수 있노라. 네놈이 명함을 멋대로 발급한 것보다 쉬운 일이지.]

케롤은 이제 끝장이라는 표정을 지었다.

직위의 박탈, 그리고 부친과 형제들이 보낼 조롱이라는 미래가 그의 속을 뒤집었다.

[넌 잘못한 것이 없다.]

디아블로의 한마디에 케롤의 우울함이 급히 가셨다.

"전하!"

[더불어, 넌 단 한 번도 네 의지로 벌레들을 쫓아다닌 적이 없지.]

"예?"

감동하던 케롤의 표정이 다시 굳어졌다.

[궁금하다면 네 그 잘난 뒤통수를 만져 봐라.]

디아블로의 말대로 머리 뒤쪽에 손을 가져간 케롤은 일순간 숨을 멈췄다.

뭔가 길쭉한 물체가 그의 손끝과 정신을 자극했다.

"으……!"

마치 화살처럼 케롤의 머리에 박힌 그 물체는 단지 느껴지기만 할 뿐 눈에 보이진 않았다. 느끼는 것도 디아블로가 케롤에게 도움을 주었기에 가능했다.

사실 박혀 있는 것도 아니었다. 그 보이지 않는 물체는 케롤의 지식을 넘어선 어떤 기술에 의해 접속되어 있었다.

케롤이 그것을 붙들고 떼어내려 했다. 하지만 그 물체는 케롤이 힘을 준 보람도 없이 은근슬쩍 사라졌다.

그런 것이 자신에게 붙어 있었다는 사실을 전혀 인지하지 못했던 케롤은 겁에 질려 입술을 떨었다.

"지금 그것은 무엇이었습니까? 소인은 전혀……!"

[호들갑 떨지 마라. 너를 조종하기 위한 수단일 뿐이다. 그렇다고 굳이 찾을 필요는 없다. 적은 네가 상대할 수 있는 존재도, 찾을 수 있는 존재도 아니다.]

"예?"

[그 리오라는 놈조차도 목숨만 겨우 건졌지 않느냐?]

그 말에 케롤은 침대에 누워 있던 리오의 모습을 떠올렸다.

'나의 리오님이 그래서……. 하긴, 쉽게 당할 분이 아니지. 왜 그걸 생각 못했을까?'

자신의 성급함을 탓한 케롤은 긴 머리카락을 흔들며 정신을 가다듬었다.

"소인에게 가르침을 주십시오, 전하."

[지금 널 가르쳐 봤자 되는 일은 없다. 네가 당장 할 수 있는 일은 네 분수에 맞게 저 벌레들을 정리하는 것뿐이지.]

왕의 그 말에 자존심이 상한 케롤은 낫을 힘주어 쥐었다.

[넌 젊다, 케롤라흐 람 트리비터.]

케롤은 디아블로가 갑자기 던진 말이 의아했다.

그가 아는 디아블로는 부하들의 젊음을 강조할 만큼 낭만적인 악마가 아니었다.

[그러니 잘 보고 마음에 새겨라. 누군가에게 완전히 패배하여 정신의 끝자락까지 제압당한 자가 얼마나 가볍고 추한지를 말이다.]

케롤은 디아블로의 그 말에서 혼란을 느꼈다.

'대체 무슨 말씀을 하시는 거지?'

혼란스러운 자는 케롤만이 아니었다.

웜뿐만 아니라 케롤까지 조종하며 심심함을 달래던 아폴

로니우스까지도 움찔하여 케롤과 그 주변 상황을 세심하게
살폈다.

'장난을 싫어하는 자가 있군. 저 악마를 자유롭게 했을 뿐
만 아니라 내 힘의 성질에 대해서도 알고 있으니 보통은 아니
야. 하이엘바인과 마찬가지로 옛 신계에서 태어났던 존재인
가?'

그는 자신이 이끌고 온 웜들로부터 깔끔히 관심을 끊었다.

다른 수단을 동원하여 그들을 지켜준다 하더라도 방금 전
까지 이어진 무리한 움직임으로 인해 체력이 바닥난 상태라
이제부터는 아무 쓸모도 없었다.

'그보다 히드라와 아르테는 대체 뭘 하는 것인가?'

그는 히드라가 오고 있어야 할 도시 밖으로 시선을 돌렸다.

때마침 히드라의 기운이 느껴지는 장소에서 다른 성질의
강력한 힘이 치솟았다. 조각처럼 넓고 단단한 아폴로니우스
의 이마에 가느다란 주름이 졌다.

허공의 한 구석이 활짝 열렸다. 단순히 대기가 갈라지는 것
이 아니라 공간이 열리고 있었다.

그 공간의 틈새에서 황금색의 창 한 자루가 땅으로 내려왔
다.

그것은 아폴로니우스에게 있어서 처음 보는 무기였을 뿐
만 아니라 과거의 끔찍한 기억이 떠오를 정도로 강력한 물건

이었다.

'아버지의 지노그와 맞먹는, 아니, 그 이상의 힘이 느껴지는 무기라고?'

뒤이어 강력한 기운이 터졌다.

히드라의 기운을 꿰뚫은 그 창은 주변의 공기와 공간을 잡아 늘어뜨리며 아폴로니우스의 머리 위를 아득히 지나갔다.

그 위력에 놀란 아폴로니우스는 출발했던 자리로 되돌아가는 창의 모습을 끝까지 지켜봤다.

'저것이 바로 소문의 궁니르로군.'

히드라의 기척은 더 이상 느껴지지 않았다. 그저 리오만 처리하면 될 것이라 생각했던 아폴로니우스에겐 부담스러운 상황이었다.

'아무리 힘의 원천이라 할 수 있는 불사의 목이 사라진 상태라고 해도 아르테의 지배를 받는 이상 히드라의 강력함은 여전했을 터. 그런데도 이렇게 간단히 제압하다니 과연 이름값을 하는군, 하이엘바인.'

그는 아르테의 기운이 급격히 상승하는 것을 감지했다.

'하이엘바인을 직접 처리하려는 건가? 자존심이 상했나 보군.'

아르테가 하이엘바인에게 패배할 리는 없다. 아폴로니우스는 그렇게 판단하고 일단 지켜보기로 했다.

'그래도 알 수 없지.'

그가 금방 마음을 바꿨다.

불과 몇 분 전만 하더라도 자신에게 조종당하던 악마가 자유를 되찾을 줄은 몰랐고, 또 거침없을 거라 생각했던 히드라가 도시에 도착하기도 전에 패배했다.

의외의 일이 계속해서 벌어지고 있는 것이다.

'어찌할까?'

그는 고민에 빠졌다. 하지만 절박함은 보이지 않았다.

*   *   *

겉보기로만 따졌을 때 하이엘바인에게서 전사의 느낌을 찾기란 쉬운 일이 아니었다.

그녀의 신장은 루이체와 엇비슷했고 몸매는 조금 빈약했다. 루이체가 건강하다고 하는 편이 옳았지만, 어쨌거나 몸으로 자신의 존재감을 과시하는 쪽과는 거리가 멀었다.

하지만 적과 대치할 때는 달랐다.

굳이 황금색의 판금철갑을 입지 않았더라도, 무리하게 궁니르를 사용하여 온몸이 삐걱거리는 상황일지라도 그녀는 자신이 아직 싸우고 있는 전사임을 뚜렷하게 증명했다.

눈빛은 여전히 맑았다. 기세의 밀도는 생생했다. 피로는 거의 느껴지지 않았다.

가면의 여성, 아르테가 멈칫한 이유도 그 때문이었다.

'몸 상태는 분명 엉망인데?'

그녀는 하이엘바인이 대체 무슨 정신으로 자신을 알아봤
는지 궁금했다.

"아르테? 아르테가 맞나?"

하이엘바인이 연이어 물었다.

그녀는 아르테에 대해 호감을 갖고 있었다.

초인적인 활 솜씨도 분명 인상적이었지만 말투도, 행동도
조금은 이상한 아폴로니우스와 나름대로 재미있게 어울리는
그녀의 모습이 하이엘바인의 마음에 들었던 것이다.

'그 착한 아르테가?'

하이엘바인은 자신이 알고 있는 그 아르테와 방금 전 물리
친 괴물, 히드라를 도저히 연결시킬 수 없었다.

"어서 대답하라! 그대는 내가 아는 자인가, 아닌가?"

하이엘바인의 재촉에 가면의 여성은 칼날로 답을 대신했
다.

비틀거리듯 허리를 옆으로 젖혀 공격을 피한 하이엘바인
은 검이 살짝 스친 어깨로부터 뜨거운 통증을 느꼈다.

진짜 통증이 아니라 간접 통증이었다. 아르테의 공격은 그
만큼 위협적이었다.

'따질 때가 아니란 말인가?'

오랜만에 다른 이의 기술에서 위험을 느낀 하이엘바인은 당장 대항할 무기가 없었기에 일단 주먹을 쥐었다.

아르테의 눈동자에 불쾌감이 올라왔다.

'아무것도 모르고 기어오르는군.'

아르테가 내민 찌르기가 하이엘바인의 옆구리를 살짝 스쳤다. 칼끝에 옷의 허리 부위가 손바닥만큼 찢겨 나갔다.

'어떻게든 하지 않으면……!'

위기감을 느낀 하이엘바인의 눈동자가 평소보다 불투명한 황금색으로 빛났다. 그것이 그녀에게 남아 있는 힘의 전부였다.

하이엘바인의 손과 아르테의 검이 마구 교차했다.

공격이 맞부딪치는 횟수가 잦아지자 아르테의 뇌리에서 불쾌감이 사라졌다.

'내 검술에 벌써 익숙해졌군.'

우습게 봐선 안 되겠다. 아르테가 그렇게 판단하는 찰나 하이엘바인의 왼손이 아르테의 오른쪽 손목을 잡아 옆으로 젖혔다. 순식간에 중심을 잃은 아르테의 가면에 하이엘바인의 팔꿈치가 날아들었다.

얻어맞은 아르테의 주변 공기가 물컹하게 흔들렸다. 그만큼 강한 충격이 꽂힌 것이다.

뒤이어 아르테의 다리를 걸어 넘어뜨린 하이엘바인은 어깨로 상대를 단단히 눌렀다.

'대단하군!'

체력과 체격 모두 월등한 자신이 기술로 완전히 제압당했다는 사실에 놀란 아르테는 정신이 없는 와중에도 감탄을 잊지 않았다.

맨손 격투는 하이엘바인이 창술 다음으로 선호하는 전투 기술이었다.

하이엘바인은 아까 잡은 아르테의 손목과 팔뚝을 부러뜨릴 기세로 때렸다.

일단 검을 놓게 만드는 것이 그녀의 우선목표였다.

"윽!"

아르테가 결국 검을 놓치자 하이엘바인은 즉시 자세를 바꿔 아르테의 상체에 올라탔다.

다리와 몸으로 상대의 상체를 완전히 결박한 채 머리를, 특히 얼굴을 내려다보는 것은 공격하는 입장에서 가장 신나는 순간이었다.

그런 자세였지만 하이엘바인은 필사적이었다. 그녀에게 남은 힘은 주먹을 한차례 정도만 제대로 휘두를 수 있는 수준이었다.

주먹이 아르테의 얼굴을 향해 운석처럼 떨어졌다.

"으아아앗!"

고함과 함께 가면에 떨어진 주먹이 아르테의 머리를 타고 내려가 땅을 쪼갰다.

그 광경을 지켜본 스트라케의 두 귀가 바짝 일어났다.

'안 통했어.'

그녀가 느낀 대로 아르테는 자신의 가면에 주먹을 대고 있는 하이엘바인을 측은하게 바라보고 있었다.

하이엘바인을 존경하다 못해 숭배하는 입장인 스트라케는 이후에 일어날 일을 차마 눈 뜨고 볼 자신이 없었다.

힘을 소진한 하이엘바인은 현기증에 시달렸다.

자신을 억누르는 하이엘바인의 힘이 썰물처럼 빠지자 아르테는 이불을 걷어내듯 상대를 밀쳤다.

뒤로 나가떨어진 하이엘바인은 오뚝이처럼 다시 일어났지만 그녀를 기다리는 것은 아르테의 험악한 발차기였다.

아르테의 발끝이 하이엘바인의 광대뼈 옆에 꽂혔다. 간단하게 튕겨 날아간 하이엘바인은 흙바닥 위를 몇 번 구른 뒤에야 가까스로 멈출 수 있었다.

"우우!"

스트라케가 울음소리를 내며 하이엘바인을 감쌌다. 뒤이어 쑈밍이 검을 들고 아르테의 앞을 가로막았다.

"멈추십시오! 소녀가 상대하겠습니다!"

쑤밍이 외치자 아르테의 가면 속에서 한숨이 나왔다.

쑤밍은 비웃음이나 다름없는 그 반응이 그다지 불쾌하진 않았다. 상대의 그런 자신만만함이 어느 정도 타당하다고 느꼈기 때문이다.

스트라케의 보호 속에 하이엘바인이 다시 일어났다.

그것뿐이었다.

쑤밍이 보는 앞에서 아까 놓쳤던 검을 천천히 주워 든 아르테는 모두의 시선을 받으며 칼날을 만졌다.

"적당히 하고 끝내려 했지만 안 되겠군요. 주신계의 하수인을 살려서 돌려보낸 것도 불쾌한 마당에 히드라까지 잃고 시간까지 빼앗겼으니까요."

그 말에 하이엘바인이 흠칫했다.

"주신계의 하수인?"

"스승님을 저격한 자가 너란 말이냐!"

쑤밍의 반응은 더 격렬했다.

아르테는 고개를 갸웃했다.

"보기보다 인망이 두터운 남자였군요. 지켜본 바로는 뼛속까지 사무적인 인간처럼 보였는데 말이죠."

"그렇게 보였을 뿐이라네."

지적을 한 하이엘바인은 이마에 손을 대어 어지러움과 싸웠다.

"아무래도 그대는 아르테가 맞는 것 같군. 그때의 아르테라면 리오에 대해 그렇게밖에 느낄 수 없었을 테니까. 하지만 맹세코 말하겠네. 그는 책임 의식이 없는 책임자가 아니야."

"……."

"자세히 얘기해 줄 수는 없네만 그는 나 때문에 자기 방식을 버리고 규정과 원칙에 따라 행동해야 했네."

"당신 때문에? 무슨 말인지 모르겠군요."

"내가 그에게 배우는 입장이지, 후배로서."

아르테가 눈을 부릅떴다.

그녀가 가면을 벗었다.

금발에 이어 정결하고 아름다운 눈매가 차례로 드러났다. 하이엘바인이 기억하고 있는 아르테의 얼굴과 다른 곳이 없었다.

상대의 정체가 예상했던 대로 아르테라는 사실에 하이엘바인은 마음이 아팠다.

하지만 그 아픔은 아르테의 표정을 보고 경악으로 바뀌었다.

냉정할 정도로 정결했던 그녀의 표정은 지금 벌레 이하의 것을 보는 듯한 혐오감으로 한껏 일그러져 있었다.

"신족이……!"

아르테의 두 팔이 덜덜 떨렸다.

"아, 아르테?"

"신족이, 저급한 하수인 따위를 따른단 말인가!"

아르테가 격노하여 고함을 질렀다. 그녀의 금발이 심하게 발광하며 이글거렸다.

아르테의 전신에서 강력한 힘이 발산됐다. 막대한 압력이 하이엘바인을 비롯한 모두를 엄청난 기세로 찍어 눌렀다.

그들의 모습을 더 자세히 보기 위해 접근하던 연합군 병사 중 일부가 그 힘에 짓이겨지고 말았다.

인간과 엘프, 드워프 할 것 없이 턱과 발등이 맞닿으며 찌부러졌다. 운 좋게 힘의 범위에서 벗어나 목숨을 건진 자들은 그 충격적이고 끔찍한 광경에 경악했다.

스트라케가 급히 보호막을 펼쳐 하이엘바인과 쑤밍을 보호했다.

그녀가 그렇게 조치하지 않았다면 쑤밍과 그녀 자신은 몰라도 하이엘바인은 틀림없이 위태로웠을 것이다.

그러나 그 보호막도 삽시간에 증발되었다. 스트라케는 전력을 다해 보호막을 유지하려 했지만 상대의 힘은 그 근본이 달랐다.

'신족? 아니, 이건 신이다! 그것도 그저 그런 신이 아니야!'

하이엘바인은 스트라케에게 안타까움을 느끼는 한편, 갑자기 무지막지한 힘을 발휘하는 아르테를 황망한 눈으로 바라봤다.

"그대는……?"

아르테의 눈이 변했다. 눈동자가 사라지고 눈 전체가 하늘색 진주처럼 연하게 빛났다.

"초월자에게 예의를 갖춰라!"

아르테가 힘의 방출을 중단하더니 검으로 스트라케의 보호막을 찔렀다. 그러자 보호막이 바람에 맞은 촛불처럼 단번에 걷혀 날아갔다.

자신의 보호막이 간단히 깨지자 스트라케는 주저없이 송곳니를 드러내며 아르테에게 돌진했다.

그녀는 미련없이 목숨을 걸고 있었다. 만약 그녀가 쑤밍에게 의사 전달을 할 수 있었다면 그녀는 어떻게든 하이엘바인을 데리고 도망치라고 먼저 말했을 것이다.

스트라케의 충성심은 강했다. 하나 아르테의 힘은 더욱 강했다.

"우오오!"

돌진하던 스트라케가 순간 옆쪽으로 픽 날아갔다. 보이지 않는 힘에 얻어맞아 지면에 내동댕이쳐진 스트라케는 혀를 내민 채 잠잠해졌다.

손도 대지 않고 그녀를 튕겨낸 아르테는 쑤밍에게 힘껏 주먹을 내밀었다.

스트라케가 기절하는 것을 보고 자신에게 올 공격에 대비했던 쑤밍이었지만 그녀 역시 주먹에서 터진 충격파에 맞아 간단히 나가떨어졌다.

아르테는 홀로 남게 된 하이엘바인의 다리를 걷어찼다.

"이 창녀!"

그녀는 앞으로 엎어진 하이엘바인의 등판을 발로 힘껏 눌렀다. 아까 하이엘바인에게 당한 격투 기술에 대한 보답이었다.

"너희 종족은 우리를 정욕에 눈먼 자들이라고 비난했지. 인정해. 제우스가 앞장서서 광대 노릇을 했고 그것 때문에 나를 포함한 몇몇 여자들은 처녀성의 보호를 그에게 구걸해야 했어!"

그녀가 하이엘바인을 밟은 발을 좌우로 움직였다.

제압당한 하이엘바인은 등뼈를 짓누르는 고통 속에서도 '제우스'라는 단어에 주목했다.

'제우스? 처녀성? 설마……?'

아르테가 하이엘바인을 밟은 채 그녀의 은발을 잡아챘다.

"난 널 알아, 하이엘바인. 새로운 신계에서의 삶을 허락받은 극소수의 옛 신족이자 아스가르드의 마지막 영광이지. 그렇게까지 축복을 받았으면 그 노쇠한 오딘을 보살피며 조용히 살 것이지, 새로운 신들의 하수인 노릇을 해?"

아르테가 하이엘바인의 은발을 잡아 뽑듯 당겼다.

"그것도 모자라 까마득히 어린 녀석들을 선배라고 불러? 긍지를 잃은 창녀 같으니!"

"으윽……!"

하이엘바인은 목과 등이 분리될 듯한 격통을 참으며 아르테를 올려다봤다.

"그대는… 설마 올림포스의 신족인가?"

아르테가 제우스를 거론한 것도 그랬지만 아틀라스와 헤라클레스에 얽힌 사건은 불과 어제의 일이었다.

그 질문을 들은 아르테가 검으로 하이엘바인의 손등을 찍었다.

"신이다!"

여태껏 살점 하나 떨어지지 않았던 하이엘바인의 피부가 관통되고 손이 꿰뚫렸다.

"내 이름은 아르테미스! 달과 사냥, 야생동물의 신이다!"

아르테, 아니, 아르테미스가 오랫동안 억눌렀던 감정을 폭발시켰다. 그것은 거의 광분에 가까웠다.

"이대로 네 저급한 목을 뽑으리라! 그리고 그것을 내 방패에 붙여 우리가 일으킬 저항의 본보기로 삼을 것이다!"

그녀가 하이엘바인의 머리카락을 계속 잡아당겼다. 검이 박힌 손에서 피가 흐르고 목뼈에서는 불길한 소리까지 들렸다.

'올림포스의 신이… 어째서……!'

하이엘바인의 의식이 점차 검게 물들었다.

"으……?"

아르테미스의 손이 갑자기 느슨해졌다.

갑자기 풀려나는 바람에 이마로 땅을 받아버린 하이엘바인은 가까스로 의식을 되찾았다.

'또 무슨 일이지?'

아르테미스가 검까지 다시 뽑아 들며 물러나자 하이엘바인은 의아했다.

올림포스의 신, 아르테미스의 분위기는 순식간에 반전되어 있었다.

방금 전까지도 분노와 질투, 살의로 불타올랐던 그녀가 지금은 당황한 표정으로 어딘가를 바라보느라 여념이 없었다.

일어날 힘까지 잃은 하이엘바인은 돌아누운 후 목만 조금 들어 자신의 뒤를 봤다.

그녀들로부터 조금 떨어진 지표 위에서 새빨간 용암이 끓어올라 오고 있었다.

자연적인 현상은 결코 아니었다.

지하수도 그렇게 올라오질 않는데 용암이 올라올 리는 만무할뿐더러, 땅은 일정한 도형의 형태로 찢어진 채 용암의 분출을 허락하고 있었다.

도형이 순식간에 뚜렷해졌다.

온갖 문자로 어지러이 채워진 그 도형에서 작은 집 정도는 단번에 뭉갤 만큼 큰 손이 불쑥 튀어나왔다.

검은색의 손톱이 흉기처럼 붙어 있는 붉은색의 손이었다. 두꺼운 손가락과 손등은 갑옷을 잘라 붙인 것처럼 단단한 각질에 싸여 위압감을 더했다.

그 손의 주인이 물 밖으로 나오듯 용암을 몸에 감은 채 도형 위로 올라왔다.

머리에 붙은 세 개의 거대한 뿔을 따라 하이엘바인과 아르테미스의 시선이 아래에서 위로 올라갔다.

사람도, 짐승도 아닌 존재가 두 개의 눈괴 이마에 붙어 있는 세 번째 눈을 불태우며 공간을 일그러뜨렸다.

하체보다 두껍고 튼튼한 두 팔은 땅에 닿을 정도로 길었고 몸의 관절 부위 곳곳에는 달궈진 쇠처럼 빛나는 돌기들이 흉물스럽게 빛났다.

마치 생물이 아니라 신을 모욕할 목적으로 만들어진 석상이나 건축물 같았다.

그가 길고 날카로운 이빨들을 드러내며 웃었다.

"이렇게 다시 인사를 드릴 줄은 몰랐습니다, 하이엘바인님."

깊숙한 저음이 주변을 쩌렁쩌렁 흔들었다.

갑작스레 나타난 그 존재의 모습에 가만히 입만 벌리고 있던 하이엘바인은 이윽고 오래된 친구를 만난 듯 밝게 웃었다.

"자네!"

그녀의 미소를 본 그 괴물 같은 존재는 아스가르드 방식의 인사를 했다.

"벅찬 나머지 인사도 제대로 드리지 못하는 소인을 용서하십시오."

그가 아르테미스를 돌아봤다.

"올림포스의 여신, 아르테미스님. 이렇게 직접 뵙게 되어 영광입니다. 하데스님께서 말씀하신 대로 매우 아름다우시군요."

존경보다는 적대감과 비웃음을 품은 인사였다.

아르테미스는 표독스런 얼굴로 검을 내밀었다.

"배신자 하데스의 이름을 거론하는 그대는 누구인가?"

"소인, 디아블로라고 합니다."

"디아블로?"

"하데스님의 부하이자 보잘것없는 악마입지요."

"배신자의 부하? 호오, 그렇군. 그 큰 고깃덩이에서 노예의 기운이 느껴지는구나."

아르테미스가 싱겁게 웃었다.

"그래, 노예 녀석이 왜 내 앞에 그 흉측한 모습을 드러냈나? 그리고 그 버릇없는 눈빛은 또 무엇이지?"

"소인이 여기 계신 하이엘바인님께 빚을 좀 졌습니다. 은 인께 보답하는 것은 인간과 같은 미물도 할 줄 아는 것. 지금 부터 이분을 대신하여 감히 아르테미스님을 상대해 드리겠습 니다."

검은색의 폭염이 디아블로의 오른손에서 길쭉하게 터졌 다. 그 불길은 주인만큼이나 두렵고 거대한 형상의 검으로 변 해 사방의 공기를 달구고 상공의 구름들을 밀어냈다.

디아블로가 든 그 붉은색 검은 금속제 무기라기보다는 화 상으로 짓이겨진 피부를 검의 모양으로 뭉친 것처럼 보였다. 형태도 단지 크기만 할 뿐, 돌을 마구 쪼개 만든 것처럼 엉망 이었다.

하지만 검 자체에서 뿜어지는 괴력은 신이 만든 온갖 무기 를 전부 보아온 하이엘바인과 아르테미스 모두를 긴장시켰 다.

하이엘바인의 옆을 지난 디아블로가 다소 급한 발걸음으 로 아르테미스를 향해 걸어갔다.

그가 걸음을 옮길 때마다 땅이 쩌렁쩌렁 울렸다. 그만큼의 진동으로 인해 하이엘바인과 스트라케, 쑤밍이 작은 돌멩이 들처럼 땅 위에서 튀었다.

"그럼 실례를!"

디아블로가 자신보다 한참 작은 아르테미스를 가차없이 내려쳤다.

아르테미스의 검은 디아블로의 흉기에 비하자면 작은 나뭇가지나 다름없었다. 그러나 아르테미스는 문제없이 디아블로의 공격을, 그것도 꿈쩍도 하지 않고 막아냈다.

아르테미스를 덮친 것은 검뿐만이 아니었다. 검에서 흘러나온 폭염이 그녀의 머리 위로 폭포처럼 쏟아졌다.

아르테미스는 그 폭염 속에서 냉정하게 디아블로를 살폈다.

"그리 보잘것없는 존재는 아니었군."

"호호, 아르테미스님이야말로 '그 몸' 으로 잘도 버티시는군요."

디아블로가 껄껄 웃자 아르테미스의 눈빛이 일그러졌다.

"뭐라고?"

그녀에겐 그냥 넘길 수 없는 이야기였다.

"저도 들은 바가 좀 있습니다. '네오(Neo) 올림포스' 가 어쨌다거나……."

"이 녀석!"

뜨끔한 단어가 계속해서 나오자 아르테미스가 격분하여 디아블로에게 주먹을 휘둘렀다.

극단적인 신장 차이로 인해 그녀의 주먹이 디아블로의 머리에 직접 닿을 리는 없었다. 하지만 그 주먹이 불러온 충격파가 디아블로의 머리를 강타했다.

디아블로의 거체가 휘청했다.

아르테미스가 살짝 뛰더니 디아블로의 머리에 달린 세 개의 뿔 중 가운데 것을 잡고 팔을 움직였다. 악마왕 디아블로의 거구가 애들 손에 잡힌 봉제인형처럼 빙글 돌아 땅에 처박혔다.

"어디서 신에게 기어오르는 것이냐! 그렇구나! 네놈도 하이볼크의 하수인이로구나!"

아르테미스가 디아블로의 머리를 발로 마구 밟았다.

디아블로는 그렇게 굴욕적으로 얻어맞으면서도 즐겁게 웃었다.

"하수인이 아니라 공범입니다."

디아블로가 화염덩어리로 변해 흩어진 뒤 하이엘바인의 곁에서 다시 실체화했다.

그를 추격하려던 아르테미스의 앞을 디아블로의 검이 스스로 움직여 가로막았다.

"조잡한 물건 따위가!"

아르테미스의 검과 디아블로의 검이 정면충돌했다.

그저 단단한 물체일 것만 같던 디아블로의 검이 물컹하게 변하더니 촉수괴물처럼 아르테미스를 덮쳤다.

아르테미스는 힘을 발산해 자신을 덮치려는 것들을 단숨에 떨쳤다. 그러나 완전히 흩어질 것 같던 검의 파편들은 다시 뭉쳐서 아르테미스를 귀찮게 했다.

그 틈을 타고 디아블로가 스트라케와 쑤밍에게 가벼운 충격을 주어 그들을 깨웠다.

허겁지겁 눈을 뜬 스트라케는 하이엘바인의 앞에 있는 디아블로의 모습을 보고 경악했다.

'저 녀석은… 그때 그 애송이?'

그녀는 디아블로를 알고 있었다.

정확히는 그녀가 알고 있는 디아블로보다 훨씬 더 크고 위협적이었지만 전체적인 형상과 기운의 성질이 일치했다.

아스가르드의 거점이 오딘의 성, 발할라만 남아버린 시절. 힘이 센 것과 생명력이 엄청난 것 외에는 별 볼일 없었던 디아블로는 하이엘바인이 버티고 있는 발할라 성을 끈덕지게 공격했다.

그 당시 그는 하이엘바인에게 세 번이나 직접 붙잡혔고 세 번 모두 석방되었다. 첫 번째와 두 번째는 이상한 자존심을 발휘하여 자세가 뻣뻣했지만 세 번째는 달랐다.

당시 노예 출신이라는 것만 알려졌던 디아블로는 무릎을 꿇고 절을 하여 하이엘바인에게 경의를 표했다. 더불어 다음에는 자신이 갖고 태어난 목숨의 가치를 다해 싸울 것을 맹세했다.

하지만 그날 이후 스트라케와 하이엘바인은 디아블로를 만나지 못했다.

며칠 가지 않아 오딘이, 아스가르드가 항복을 선언했기 때문이다.

"부하들과 함께 이곳에서 벗어나십시오, 하이엘바인님. 이곳은 소인이 맡겠습니다."

"자네가?"

"어서 가십시오. 저기 보이는 도로까지 가시면 됩니다. 그곳에서 소인을 지켜봐 주십시오."

디아블로는 스트라케와 쑤밍에게 눈짓을 보냈다. 어서 하이엘바인을 데려가라는 뜻이었다.

리오에게 말로만 들어왔던 악마왕 디아블로의 모습에 잔뜩 질려 있던 쑤밍은 스트라케가 울음소리로 재촉한 뒤에야 정신을 차리고 하이엘바인에게 달려갔다.

쑤밍은 하이엘바인을 들어 스트라케의 등판에 얹은 뒤 그녀들과 함께 디아블로의 곁을 떠났다.

그녀들이 일정 거리 밖으로 물러나자 디아블로는 자신의 검을 불러들였다.

그의 검은 부러지지만 않았을 뿐 무기로서의 가치는 거의 잃어버린 상태였다.

아무리 디아블로 자신의 분신이라 할지라도 아르테미스의 능력을 단독으로 버티는 것은 불가능했다. 여태까지 버틴 것도 다행이었다.

디아블로의 손에 잡힌 검은 주인의 힘을 받아 원래의 흉측한 모습을 되찾았다.

"이제 성심을 다해 당신을 상대해 드리지요."

당장 그의 목을 치려 했던 아르테미스는 자신의 급한 성격에 잠시 제동을 걸었다.

"우리 계획에 대해 어디까지 알고 있나? 네오 올림포스에 대한 것은 우리의 동지들이 아니면 모를 텐데?"

"당신들이 살던 세계보다 훨씬 지능적이고 체계적인 곳이 바로 지금의 신계입니다. 올림포스처럼 단순한 질투만이 존재하는 평화로운 곳이 아니기에 첩보와 관련된 기술만큼은 그때와 비교할 수 없습니다."

아르테미스로서는 자존심이 상하는 이야기였으나 자신들이 그토록 존재를 숨기기 위해 노력했던 네오 올림포스가 이렇게 빨리 알려졌다는 사실에 충격과 두려움을 느꼈다.

"선신계가 움직이지 않았다면 아마 우리도 움직이지 않았을 겁니다."

"선신계?"

"그런 시시한 놈들이 있습니다."

디아블로가 말했다.

"조사의 조사를 거듭하니 당신들의 존재가 확인됐고, 곧 네오 올림포스 계획도 드러났습니다. 이 일의 시발점이 누구인지, 그리고 최종적으로 원하는 것이 무엇인지 밝혀지지 않았을 뿐입니다."

디아블로가 톱니와 같은 이빨을 드러내며 웃었다.

"여태까지는 네오 올림포스 측과 직접 접촉한 경우가 없어서 부하들이 모아온 정보만을 의지했는데, 이거 생각지도 못한 월척을 건졌군요. 하이엘바인님께 빚도 갚을 겸, 당신의 그 몸에 대체 무슨 장치가 있기에 신계에 탐지가 되지 않는지 조사해 드리지요. 구석구석까지 말입니다."

그의 발언에 아르테미스의 정결한 표정이 일그러졌다.

"정신이 나갔구나! 노예 주제에 감히 나에게 욕망을 드러내다니! 네놈의 뼛조각 하나도 남기지 않겠다!"

그녀가 격분하여 달려드는 순간 디아블로의 눈이 주황색에서 붉은색으로 바뀌었다.

"흠!"

디아블로의 육체를 중심으로 기묘한 바람이 일어났다.

디아블로의 머리를 부수기 위해 뛰던 아르테미스는 자신을 한 번 훑고 퍼지는 그 힘에 흠칫하여 발을 멈췄다.

그녀는 자신과 디아블로가 반구형의 어떤 장벽에 의해 세상과 격리되어 있다는 사실을 어렵지 않게 감지했다.

"마음에 드셨습니까? 사상의 차단이라고 합니다. 이 세계의 모든 사건과 사물의 작용, 그리고 반작용을 완벽하게 막아내는 힘이지요. 하이엘바인님의 속을 풀어드리기 위해 특별히 투과율만은 조정해 놨습니다."

활짝 웃은 디아블로의 힘이 점점 강해졌다. 증가한 그 힘에 땅이 검게 타들어가고 그 틈새에서 급격히 가열된 땅이 오렌지색 빛으로 지글거렸다.

디아블로의 그 힘은 하이엘바인들이 있는 도시를 녹여 버리는 것은 물론 대륙 전체를 진동시키고도 남을 정도로 강력했다. 하지만 힘은 디아블로가 만든 장벽 밖으로 절대 벗어나지 않았다.

아르테미스는 끓어오르는 디아블로의 힘 속에서도 아무렇지 않게 서 있었다. 그녀는 상대의 괴력을 막아내고 있는 장벽에 관심을 가졌다.

"매우 소심하군. 하이엘바인뿐만 아니라 인간들까지 보호할 생각인가?"

"하이엘바인님께서 원치 않으실 테니 어쩔 수 없습니다."

"그렇군."

아르테미스가 웃었다.

"사상의 차단이라. 분명 기발하긴 하지만 '올림포스의 신'인 나에겐 별로 의미가 없을 텐데?"

"과연 그럴지요?"

디아블로가 땅속에서 걸쭉하게 녹고 있는 흙들을 손으로 붙들어 가슴 위에 칠했다. 그에겐 그 정도의 열기쯤은 목욕물 수준이었다.

장벽 밖에서 안쪽을 지켜보던 하이엘바인과 스트라케, 쑤밍은 디아블로의 그 행동을 보고 상당히 놀랐다.

쑤밍은 단순히 낯선 행동이라 놀란 것이지만 아스가르드 출신들은 달랐다.

"저 친구가 대체……?"

"예? 알고 계십니까?"

쑤밍이 물었다.

"저것은 아스가르드 전사의 의식이란다. 싸우기 전, 자신이 묻혀 사라지기로 한 전쟁터의 흙을 심장에 가까이 대어 죽음의 공포를 잊는 것이지."

하이엘바인에게 설명을 들은 쑤밍은 디아블로가 왜 그런 행동을 하는지 궁금했다.

"저분은 불멸의 권한을 갖고 계시는데 어째서 그런 의식을 하시는 겁니까?"

"나야말로 궁금하구나. 저 친구가 아스가르드에 대해 의리를 가질 이유가 전혀 없을 텐데?"

모두가 의문을 갖는 가운데, 의식을 마친 디아블로가 아르테미스를 보며 웃었다.

"시작하셔도 됩니다."

자신감을 드러내는 디아블로의 뒤편에서 아르테미스의 모습이 유성처럼 나타났다.

아르테미스는 상대의 척추를 부술 생각으로 검을 뻗었다. 그러나 검의 속도보다 디아블로의 이동속도가 조금 더 빨랐다.

붉은색의 악마왕은 어느새 방향을 바꾸고 아르테미스를 내려칠 자세를 잡았다. 덩치와는 전혀 관계없는 속도와 유연성이었다.

검을 들어 올린 그는 상대의 머리를 정확히 노려봤다.

"옛것들에게 허락될 장소는 어디에도 없습니다!"

그의 외침은 괴수처럼 웅장했다.

그는 그저 소리치는 것만으로도 청소년기의 드래곤을 가루로 만들 수 있는 능력자였다.

파괴적인 괴성과 그의 검이 아르테미스를 향해 여지없이 떨어졌다.

'기술이라고는 찾아볼 수 없는 검이로군.'

아르테미스는 그의 검을 비웃었다. 그러나 그녀는 무기끼리 부딪치는 순간 눈을 부릅뜨고 이를 악물었다.

'아니?'

그녀는 재빨리 자세를 바꿔 디아블로의 옆구리를 발끝으로 강타했다.

디아블로가 주춤하는 틈을 타고 그와 거리를 둔 여신은 왼손으로 자신의 오른쪽 어깨를 붙들었다.

그녀의 손바닥 아래에서 흰색의 가루가 떨어졌다. 아르테미스의 표정이 한층 더 나빠졌다.

디아블로의 옆구리는 산사태가 일어난 흙산처럼 허물어져 있었다. 그 부상을 순식간에 복원시킨 디아블로는 여신의 어깨에서 떨어지는 가루들을 보며 씩 웃었다.

"역시 모조품답습니다."

아르테미스는 아무 말도 하지 않았다.

"시간이 갈수록 불리해지는 것은 당신입니다, 아르테미스님. 당신은 이 공간을 빠져나갈 수 없을뿐더러 그 몸으로는 저를 이길 수도 없습니다. 순순히 항복하신다면 제 노예로서 아무 위협 없이 살아가실 수 있게 배려해 드리지요."

"노예는 네놈이 아니더냐!"

아르테미스가 검을 왼손에 바꿔 들었다.

그녀의 짧은 검과 디아블로의 거대한 검이 거의 동일한 속도로 움직였다.

디아블로의 말대로 갈수록 불리해지는 것은 아르테미스 쪽이었다.

디아블로의 강력한 완력과 끊임없이 뿜어지는 열기로 인해 그녀의 부상 부위에서 떨어지는 가루의 양은 더욱 증가했다.

어느새 그들의 싸움에 푹 빠진 쑤밍은 솔직하게 감탄을 터뜨렸다.

"저렇게 큰 몸에도 불구하고 저런 몸놀림이라니, 놀랍지 말입니다!"

"그래. 이제 그는 더 이상 꿈꾸는 사내가 아니야."

전투 능력에 대해서 얘기했던 쑤밍은 방향이 전혀 다른 하이엘바인의 평가에 의아해했다.

"저 친구, 정말로 왕이 되었구나."

그녀는 뿌듯하게 웃었다.

스트라케는 자신의 등을 짚고 있는 하이엘바인의 손이 파르르 떨리는 것을 느꼈다.

이유는 알고 있었다. 까마득히 아래에 있던 자의 성장을 제대로 칭찬해 줄 수 없다는 안타까움이었다.

"후하하하하!"

디아블로가 괴성에 가까운 웃음소리를 냈다.

그의 검이 아르테미스를 난타했다. 여신은 두 손으로 검을 쥐고 버티며 기회가 보이는 즉시 반격했다.

디아블로의 검이 제대로 들어간 적은 단 한 번도 없었다. 반면 아르테미스의 반격은 한 손에 꼽을 만큼만 빗나갔다.

악마왕의 육체는 한 번 타격을 받을 때마다 터지고 허물어졌다. 그러나 불멸의 권한을 바탕으로 하는 엄청난 복원 능력이 그를 무한히 싸우게끔 해주었다.

"후하하! 이 정도입니까?"

비웃는 디아블로의 머리에 아르테미스의 검이 제대로 꽂혔다.

그의 머리는 새총을 맞은 과일처럼 터졌다. 아르테미스는 마지막 일격을 가하기 위해 디아블로의 어깨에 올라탄 후 검을 다시 들었다.

"끝장내 주마! 반역자!"

고함을 지르는 그녀의 팔과 목, 다리, 가슴 등이 붉은색 체액투성이의 끈적끈적한 줄에 묶였다.

디아블로의 터진 목에서 꿈틀거리던 혈관들이었다. 악마왕은 그녀를 붙잡은 채 머리의 복구를 시도했다.

목과 턱, 입이 먼저 모습을 되찾았다.

"이대로 당신을 맛봐 드리지요."

"으으으윽!"

아르테미스는 디아블로의 혈관들을 잡아 뜯고 그의 어깨

에서 벗어났다.

혈관의 진득한 체액이 아르테미스의 흰옷과 황동색 가슴 갑옷에 남아 있었다. 팔다리, 목에는 혈관에 묶인 자국이 선명했다.

"이, 이 지저분한……!"

"후후후."

디아블로의 머리가 완전히 복원되었다. 목을 좌우로 움직여 새로 만들어진 관절을 시험해 본 악마왕은 혀를 날름거렸다.

"마음에 드셨습니까?"

그가 소감을 묻자 아르테미스가 치를 떨었다.

"내 반드시 네놈을 해체시켜 바위 밑에 깔아버릴 것이다!"

아르테미스와 디아블로가 더욱 맹렬히 치고받았다.

오랜 난타전 끝에 그녀를 장벽의 끝까지 밀어붙인 디아블로는 비틀거리는 아르테미스를 검의 끝으로 툭 밀었다.

힘이 빠진 아르테미스는 몸 곳곳에서 가루를 쏟으며 쓰러졌다.

디아블로의 몸도 이곳저곳이 찌그러지고 터져 내장이 보일 지경이었다.

아르테미스의 공격은 분명 어느 한 구석 흠잡을 데 없이 치명적이고 강력했다. 하지만 디아블로의 체력은 멀쩡했고 부상 역시 아르테미스와 달리 깨끗하게 복원되었다.

디아블로는 아르테미스가 흘린 가루를 퍼 올려 손끝으로 만져 봤다.

"대리석입니까? 하긴, '판테온'의 대리석이라면 당신들의 힘을 소화할 수 있는 모조품이 될 가치가 있지요. 후후후후."

"으……!"

아르테미스는 어떻게든 일어나려 했지만 몸 곳곳에 난 균열은 그녀의 목과 턱 아래까지 잔혹하게 올라왔다.

"그 사내와 약속한 시간 내에 당신을 처리할 수 있게 되어 매우 기쁘군요."

"그 사내?"

"일종의 거래입니다. 물론 거래 품목은 당신입니다."

디아블로가 아르테미스에게 손을 뻗었다. 그의 거체가 만든 그림자가 아르테미스의 몸을 서서히 뒤덮었다.

그가 순간 앞뒤로 휘청했다. 기둥처럼 튼튼한 디아블로의 두 다리가 아르테미스의 코앞에서 무너졌다.

"컥!"

가슴을 붙잡고 쓰러진 디아블로의 입과 귀에서 황색으로 발광하는 액체가 진하게 쏟아졌다.

그 붉은색 악마왕은 자신의 등을 뚫고 가슴 밖으로 튀어나와 있는 화살을 보고 눈빛을 번뜩였다.

"이 화살은······? 무슨 수로 사상의 차단을······!"

그가 뒤를 돌아봤다.

오른손에 활을 든 아폴로니우스가 사상의 차단 저편에 서 있었다.

그는 선신계 천사들조차 어찌하지 못했던 그 장막을 커튼 걷듯 가볍게 밀어내며 안으로 들어왔다.

"노예답게 머리가 나쁘군."

아폴로니우스가 활을 들더니 시위를 당겼다가 놓았다. 어디선가 나타난 화살 한 발이 디아블로의 어깻죽지 바로 밑에 박혔다.

몸을 분쇄시키는 통증이 악마왕의 거체 구석구석에 퍼졌다. 비명을 가까스로 참아낸 디아블로는 예상치 못한 상황에 자못 당황했다.

경악한 것은 하이엘바인도 마찬가지였다.

"저건 아폴로니우스가 아닌가?"

[저 남자 역시 아르테미스와 마찬가지로 신인 듯합니다.]

스트라케가 정신감응을 보냈다.

[화살 한 대로 저 디아블로를 제압하다니, 믿을 수 없군요. 격이 상당히 높은 신인 듯합니다.]

하이엘바인과 스트라케는 아르테미스라는 이름을 전혀 모르고 있었다. 물론 쑤밍 역시 알지 못했다.

이렇듯 옛 신계에 대한 정보는 같은 옛날을 살아온 존재들끼리도 모를 정도로 철저하게 봉쇄되어 있었다.

아폴로니우스는 다시 활을 쓸 준비를 했다.

"사상의 차단이라고 했나? 이 세계에 적용되는 사물, 현상, 작용, 반작용과 관련된 법칙을 모조리 막고 차단할 수 있는 능력인 것 같군. 하지만 사용할 상대를 잘못 골랐다네."

세 번째 화살이 디아블로의 뒷머리에 꽂혔다.

그 충격에 디아블로는 몸을 아예 제어하지 못했다. 쩍 벌려진 입에서 대량의 타액이 흘러나왔고 팔다리의 관절이 마구 뒤틀렸다.

아폴로니우스가 디아블로를 측은하게 바라봤다.

"나와 아르테는 이 신계에서 창조된 자들이 아니다. 하이볼크가 만들고 규정지은 법칙에는 적용되지 않지. 차단당할 이유가 없는 것이다."

"호, 호오……."

가까스로 땅을 짚으며 일어난 디아블로가 쓴웃음을 지었다.

"물론 자네 역시 예전의 신계에서 창조된 존재지만 어디까지나 '일반 생명체'이기에 법칙이 바뀌면 그에 따를 수밖에 없다네. 가련한 현실이지."

디아블로가 움찔했다.

'그래서 하이볼크님이 하이엘바인님을······!'

아폴로니우스는 꼼짝달싹 못하는 디아블로에게 다가갔다.

"하지만 지금 우리가 가진 힘으로는 불멸의 권한을 가진 자네를 처치할 수 없을 것 같군. 자네에게 그 권한이 없었다면 처음 날린 화살에 죽었을 것이야."

디아블로는 침묵으로 아폴로니우스의 말에 동의했다.

그가 맞은 것은 마법의 화살 같은 달짝지근한 것이 아니라 상급의 신이 내리는 '죽음'이었다.

그런 면에서 봤을 때 리오가 아폴로니우스의 화살로부터 죽음을 피한 것은 단순한 운이 아니라 실로 대단한 일이었다.

그는 급소도 급소지만 죽음을 피한 것이다.

아폴로니우스가 한숨을 쉬었다.

"난 자네를 기억한다네. 하데스가 부리던 노예 검투사, 디아볼리우스. 올림피아에서 어린 나이에 대활약을 하여 신들의 눈을 즐겁게 했던 모습이 희미하게나마 떠오르는군."

디아블로도 그 굴욕적인 과거를 떠올렸다.

"출세한 모습을 보니 감회가 새롭군. 또한 존경스럽기도 해. 노예 검투사가 여기까지 올라가는 것은 보통 일이 아니니까. 그렇다면 상을 내려야겠지."

아폴로니우스는 장벽 너머로 보이는 하이엘바인에게 활을 겨눴다.

"저 신족에게는 불멸의 권한이 없지?"

그가 시위를 당겼다.

"이것은 자네에게 보내는 존경의 증거이자 내 동생, 아르테미스의 몫이네."

디아블로는 손톱으로 땅을 긁으며 그에게 기어갔다.

"그만두십시오! 그분은 저의……!"

"어울린다고 생각하나?"

디아블로가 멈칫했다.

장막 밖의 하이엘바인은 아폴로니우스의 겨냥에 꼼짝도 못했다. 스트라케가 몸으로 그녀를 가로막을 뿐이었다.

활시위를 쥔 아폴로니우스의 손가락이 꿈틀했다.

그가 날린 화살은 디아블로의 뿔을 스쳤다.

디아블로는 분명 아폴로니우스의 등을 바라보고 있었다. 그 말은 곧 아폴로니우스가 하이엘바인 쪽이 아니라 디아블로 쪽으로 돌아서서 화살을 날렸다는 뜻이었다.

'내가… 위압됐다고?'

아폴로니우스는 자신이 느꼈던 것을 믿고 싶지 않았다.

화살은 한 남자의 팔뚝에 박혀 있었다.

아폴로니우스는 자신의 화살을 팔로 막아낸 자를 창백한 얼굴로 바라봤다.

아폴로니우스가 자신을 겨냥하는 것을 그냥 보고만 있어

야 했던 하이엘바인 역시 그쪽으로 눈을 돌렸다.

그녀의 눈에 가장 먼저 들어온 것은 흰색의 두툼한 전투용 코트였다. 가슴을 덮은 붉은색의 코트 보호대가 검은색의 테두리와 함께 뚜렷하게 박음질되어 있었다.

예복을 단순화시킨 것처럼 펑퍼짐한 반소매 속으로 몸에 꼭 끼는 검은색의 보호복이 보였다. 매끈하면서도 단단한 팔 근육이 보호복 겉으로 드러나 완만한 굴곡들을 이루고 있었다.

아폴로니우스의 화살은 그의 왼쪽 팔뚝에 박혀 있었다.

머리를 보호한 팔뚝의 뒤로 사자의 갈기처럼 웨이브가 풍성한 금발이 보였다. 차갑게 냉각된 남자의 파란색 눈동자가 아폴로니우스를 응시했다.

"과연, 듣던 대로."

중얼거린 그는 코트 주머니 안에 넣고 있던 오른손을 뺐다.

손목까지 두껍게 덮는 장갑을 끼고 있었기에 굳이 주머니에 손을 넣을 필요는 없었지만 왠지 모르게 그 남자에게는 그 모습이 당연해 보였다.

그가 화살을 잡고 손에 힘을 주자 디아블로를 거꾸러뜨렸던 화살이 모래 위에 떨어진 물처럼 빠르게 흡수되어 사라졌다.

화살이 남긴 팔뚝의 구멍에서 핏물이 튀었다. 리오의 가슴에 난 것과 똑같은 부상이었으나 이번에는 상처와 옷 모두가 순식간에 복구되었다.

아폴로니우스는 하이엘바인을 쏘기 직전에 느낀 괴이한 위압감의 주인이 바로 그 남자라고 규정지었다.

'화살을, 아니, 빛을 흡수했군. 나와 마찬가지로 빛을 지배하는 사내인가?'

코트의 남자가 아무 말 없이 검을 뽑고 아폴로니우스에게 돌진했다.

그의 검은 리오의 디바이너만큼이나 특이했다.

디바이너가 검 전체에 흐르는 보라색 때문에 특이하다면 그의 검은 형태 자체가 남달랐다.

대장간에서 만든 검이라기보다 기계를 뭉쳐 만든 듯한 물건이었다.

안쪽에 동그라미를 품은 십자가의 문양이 그의 손등에서 황색으로 발광했다.

디아블로가 흠칫했다.

'시작부터 저것을?'

남자의 검끝이 아폴로니우스의 가슴팍으로 파고들었다.

조각처럼 균형미가 뛰어난 아폴로니우스의 팔등신 육체가 충격에 덜컥 흔들렸다.

금발의 남자는 아폴로니우스를 노렸던 자신의 검을 봤다.

검끝은 바짝 굽힌 상대의 오른팔 근육 사이에 단단히 붙잡혀 있었다.

단지 칼끝만 잡힌 것이지만 금발의 남자는 검을 더 밀어 넣지도, 빼지도 못했다.

디아블로에겐 충격의 연속이었다.

'저 기술을, 레퀴엠을 저렇게 막다니!'

힘겨루기가 조금 더 이어졌다.

"신을 탄핵시키는 기술이군."

중얼거린 아폴로니우스의 눈동자가 빛을 잃었다.

그의 어깨가 가뭄의 강바닥처럼 갈라지는가 싶더니 그 균열을 뚫고 빛이 솟아올랐다.

빛은 아폴로니우스의 허리 양쪽과 왼쪽 다리를 뚫고 추가로 터졌다. 그 전체적인 모습이 꼭 십자가와도 같았다.

금발의 남자는 석상처럼 굳어진 아폴로니우스로부터 검을 거두며 돌아섰다.

그가 돌아선 방향에는 멀쩡한 모습의 아폴로니우스가 아르테미스를 안아 들고 있었다.

"멍청한 짓을 했구나, 동생이여."

오라버니의 말에 아르테미스는 자존심이 상한 나머지 눈을 꽉 감고 입술을 깨물었다.

"가자꾸나."

아폴로니우스는 부서져 내리는 동생을 데리고 사상의 차
단 밖으로 사라졌다.

그들의 기적이 완전히 사라지자 디아블로는 의미가 없어
진 사상의 차단을 해제했다.

"과연, 태양신 아폴론답군. 후후, 후후후……."

그의 몸에 박힌 화살들이 사라졌다. 하지만 화살에 의해 손
상된 몸은 쉽게 복원되지 않았다.

아르테미스의 검과 아폴로니우스, 아니, 올림포스의 신 아
폴론의 화살은 그 위력이 극단적으로 달랐다.

쓰러져 신음하는 디아블로의 곁으로 스트라케를 탄 하이
엘바인이 다급히 달려왔다.

"이보게! 이보게, 정신 차리게!"

그녀가 스트라케의 등에서 내려와 디아블로의 큰 팔뚝에
손을 댔다.

쓰러지는 것만 겨우 참아내고 있던 디아블로는 정신까지
혼탁해지는 상황 속에서도 묵직하게 미소 지었다.

"하이엘바인님."

"이 친구야!"

하이엘바인은 새끼 곰이 통나무를 밀듯 디아블로의 팔뚝
을 힘주어 밀었다.

"대체 왜 그랬나? 왕인 자네가 직접 나서서 나를 구할 이유

가 없지 않나? 자네가 그토록 소원했던 것을 모두 저버릴 작정인가?"

디아블로의 눈빛에 섭섭함이 순간 스쳤다.

"사내들은 그럴 때가 있습니다."

그가 다시 웃었다.

"과거나 미래, 둘 중 하나에 집착하여 현실을 무시하지요."

그 큰 덩치의 악마왕은 결국 참지 못하고 바닥에 엎어졌다. 그런데도 그의 표정은 한없이 즐거워 보였다.

"그렇다 해도, 역시 말씀 그대로 멍청한 일입니다."

그는 그냥 그렇게 말을 맺었다. 그의 속을 모르는 하이엘바인은 마음이 답답했다.

"이제 작별 인사를 드려야겠습니다."

디아블로의 갑작스런 말에 하이엘바인이 또 한 번 놀랐다.

"무슨 소린가? 자네는 아직 살아 있네! 몸도 나아지고 있지 않나!"

"너무 극적으로 생각하시는군요. 이건 아주 간단한 거래입니다."

"거래?"

낮은 소리로 웃는 디아블로의 곁으로 아폴론을 공격했던 남자가 다가왔다.

"시간이 다 됐습니다, 디아블로님."

하이엘바인이 그를 봤다.

"휀 라디언트!"

호명된 그 남자가 가볍게 목례를 했다.

"오랜만에 뵙습니다."

붙임성이 느껴지는 목소리는 아니었다.

그가 이어서 말했다.

"지금은 예절보다 죄인의 체포가 우선이니 물러나십시오."

"죄인? 체포?"

하이엘바인이 어이없어하자 휀이라는 이름의 그 남자는 고개를 끄덕였다.

"주신계가 정한 법규 위반, 주신계와 악신계 사이에 체결된 조약 무시, 악신계와 선신계 사이에 정해진 협정 위반. 그 외에도 많지만 디아블로님의 위치와 체면을 고려하여 그 세 가지만이 적용될 것입니다."

그가 쭉 설명했다.

황당하다는 얼굴로 그를 바라보던 하이엘바인이 결국 발끈했다.

"용납할 수 없네! 이 친구는 나를 구하기 위해 이곳에 왔단 말일세! 실제로도 날 구했고! 자네야말로 뜬금없이 나타나서 무슨 소리를 하는 건가!"

"견습인 당신께 변호 권한은 없습니다."

휀은 그렇게 하이엘바인의 말을 깔아뭉갰다. 더불어 그녀의 말을 무색하게 하듯 디아블로가 알아서 두 팔을 휀 쪽으로 내밀었다.

휀의 오른손에서 중앙에 동그라미가 찍힌 십자가의 문양이 떠올랐다. 그 빛은 큼지막한 빛의 수갑이 되어 디아블로의 손목을 결속시켰다.

"올라가시면 피엘 플레포스 비서관이 안내해 드릴 것입니다."

"후후, 오래간만에 주신계 구경을 하겠군."

땅에 엎드린 디아블로의 아래쪽에서 빛이 올라왔다. 그 빛의 기둥은 디아블로의 거구를 하늘로 천천히 밀어 올렸다.

"다음에 또 뵙겠습니다, 하이엘바인님."

그가 공손히 머리를 조아렸다.

"부디 건강하십시오."

"아……."

하이엘바인이 그에게 손을 뻗었다. 그러나 정식 구속 절차에 따라 승천하는 그를 막을 도리는 없었다.

무력함을 또 한 번 느낀 하이엘바인은 아예 그 자리에 주저앉았다. 스트라케는 서글픈 눈으로 그녀의 모습을 바라봤다.

구속 절차를 마친 휀은 손에 남아 있는 문장의 힘을 털어낸 뒤 하이엘바인 앞에 섰다.

"당신의 책임자는 어디 있습니까?"

그가 물었다. 물론 그가 말하는 책임자는 리오였다.

하이엘바인은 그의 태도에 기가 막혀 화도 내지 못했다.

*   *   *

다음날, 동이 틀 무렵.

도시는 떠나는 사람, 어떻게든 남으려는 사람, 그리고 실종된 가족들을 찾으려는 사람으로 분주했다.

연합군 병사들은 피난하는 사람들을 돕는 와중에도 건물 파편이 떨어지는 소리에 기겁하는 과민 반응을 보였다.

그나마 밖에서 움직이는 사람들은 나은 편이었다.

집이나 병영 한 구석에 처박혀 공포와 싸우는 사람의 수도 적지 않았다. 악몽과 같은 밤이 남긴 흔적이었다.

리즈의 저택은 부상당한 민병대의 치료와 식사 문제로 분주했다.

요리 담당인 도로시와 루파가 탈진과 부상으로 누워 있는 상황이었지만 민병대들의 예상과 달리 음식이 만들어져 나오는 것에는 아무 문제가 없었다. 또한 원래 담당들이 만들던 것보다 훨씬 맛이 좋았다.

부엌에서 몇 시간째 반죽에 열중하고 있는 마리아는 문득 오븐 앞에 서 있는 케롤을 봤다.

그 고위 악마는 앞치마를 두른 채 행복해하고 있었다.

"후후, 아름다워."

마리아의 기억상 그는 벌써 아홉 번째 같은 말을 반복하고 있었다.

"손이 노는구나, 마리아."

케롤의 지적에 움찔한 마리아는 일에 박차를 가했다.

케롤과 같은 고위 악마의 명령을 어길 수 있는 처지가 아닌 그녀는 하얀 가죽드레스에 밀가루가 묻는 것을 참아가며 반죽을 계속했다.

고위 악마와 마족의 관계는 거의 주종 관계에 가깝기 때문에 아무리 자존심 강한 그녀라고 해도 어쩔 수가 없었다.

오븐 속에서 익어가는 빵을 유심히 지켜보던 케롤은 창문 쪽으로 고개를 돌렸다.

저택 뒷마당에는 하이엘바인이 서 있었다. 평소와 달리 머리카락을 굵게 땋아 내려 매우 어려 보였다.

케롤은 그렇게 멀쩡히 서 있는 그녀의 모습이 매우 불쾌했다.

'왕께선 도대체 왜 저 계집을 보호하신 거지?'

디아블로의 일은 애초부터 하이엘바인을 불편하게 여겼던

케롤로 하여금 적개심을 품게 만들었다.

이미 그가 속한 왕국 전체가 다른 왕국 소속의 악마들에게 모욕을 당하고 있었다. 어젯밤부터 오늘 새벽까지 디아블로와 관련된 지인들의 문의로 인해 그는 편히 쉴 수 없었다.

그의 적개심에 대해 전혀 모르는 하이엘바인은 앞에서 검술 훈련을 하는 쑤밍의 모습을 묵묵히 지켜봤다.

그녀의 옆으로 클라라를 목에 태운 스트라케가 다가왔다.

[잘 배운 아이로군요. 심리적으로 안정만 되면 자신의 스승만큼 할 것 같습니다.]

스트라케는 검술의 전문가였다.

독자적으로 검술을 만들었을 뿐만 아니라 기술의 세련됨만큼은 하이엘바인에게도 뒤지지 않는다는 평을 듣기도 했다.

눈만 쑤밍에게 뒀을 뿐, 속으로는 전혀 다른 것에 신경을 쓰고 있던 하이엘바인은 조금 늦게 대답했다.

[아, 그렇지. 나도 그렇게 생각한단다.]

[…괜찮으십니까?]

스트라케가 그 늦은 반응에 걱정을 느껴 물었다.

하이엘바인의 얼굴이 조금 달아올랐다.

[잠시 다른 생각을 했단다. 미안하구나.]

그녀의 입에서 사과가 너무 자연스럽게 나오자 스트라케

가 깜짝 놀랐다.

그녀가 알고 있는 하이엘바인은 자신의 실수를 확실히 인정하는 대신 아랫사람들에게만큼은 직접적인 사과를 거의 하지 않는 성격이었다.

[대체 그 빨간 머리에게 무슨 일을 당하신 겁니까?]

[특별한 일은 없었단다. 오해는 사양하마.]

하이엘바인은 점잖게 부인했으나 그럴수록 스트라케의 의심은 강해졌다.

마침 쑤밍의 검이 멈췄다. 많은 양의 땀이 그녀의 이마와 목을 타고 흘러내렸다.

하이엘바인은 스트라케의 의심을 피할 겸 쑤밍에게 다가갔다.

"기분은 조금 나아졌느냐?"

"예, 하이엘바인님."

쑤밍이 건강하게 웃었다.

"어제 소녀의 부족함을 일깨워 주셔서 감사합니다."

"음, 아니다. 전사란 모름지기 분노를 가슴에 담을 줄 알아야 한단다. 감정이 없는 자에게 전사라는 말을 붙이진 않지."

뜻하지 않게 응원을 들은 쑤밍은 마음을 다스리는 법에 대해 듣고 싶었다.

그런데 하이엘바인이 주먹을 꾹 쥐었다.

"그래. 그 훿 라디언트라는 자는 전사가 아니란다. 후후, 후후후후."

그녀가 이상하게 웃었다. 쑤밍, 스트라케, 클라라의 눈빛이 비슷해졌다.

'단단히 화가 나셨구나.'

쑤밍은 뭔가 질문을 해선 안 되는 시기라고 판단했다.

저택 2층의 창문이 열렸다. 창문 밖으로 조금 지친 얼굴의 루이체가 몸을 내밀었다.

"하이엘바인님! 리오 오빠가 의식을 되찾았어요!"

"오, 사실이냐?"

쑤밍에게 안부를 물을 때도 어딘지 모르게 어두웠던 하이엘바인의 표정이 거짓말처럼 밝아졌다.

"어서 들어가자, 쑤밍! 스트라케와 클라라도 함께 가자!"

클라라는 얼른 내려왔지만 스트라케는 주저했다.

그녀는 자신이 리오의 회복에 기뻐해야 할 만큼 의리가 있다고 생각하진 않았다.

"그분들께는 제가 볼일이 있습니다."

누군가의 차가운 목소리에 하이엘바인은 불쾌한 표정이 되어 저택 문을 돌아봤다.

벗은 코트를 잘 접어 옆에 낀 훿이 그녀에게 다가갔다.

"볼일이라니? 갑자기 무슨 말인가?"

"스트라케님과 클라라님께 여쭐 것이 있습니다. 수습 현장 요원으로서 협조해 주십시오."

하이엘바인은 '수습'이라는 말을 강조하는 휀의 태도가 정말 싫었다. 그러나 그녀는 일단 꾹 참고 그에게 닥칠 문제점을 말했다.

"스트라케와 클라라 모두 의사소통에 문제가 있다네. 내가 아니면 저 아이들과 대화를 할 수 없네."

"아닙니다."

짧게 받아친 휀은 재촉하듯 자신이 나왔던 저택 문을 봤다.

이윽고 그곳에서 리즈가 우물쭈물 걸어나왔다. 심리적인 위축이 아니라 육체적인 위축이었기에 휀을 제외한 모두가 그를 걱정했다.

휀이 말했다.

"루이체의 보고에는 리즈 스타인이 가진 힘에 의해 두 분이 본래 모습으로 돌아오실 수 있다고 되어 있습니다. 또한 스트라케님은 클라라님과 달리 본래 모습에서는 언어 소통에 문제가 없다는 추가 보고도 있었습니다."

"아……."

하이엘바인은 할 말을 잃었다.

"두 분께 기술적인 추궁이나 신체적, 정신적 고문을 할 계획은 없으니 안심하십시오."

솔직히 하이엘바인은 지금 당장 그의 얼음 같은 낯짝을 후려치고 싶었다.

그런 그녀를 더욱 화나게 하는 것은 해볼 테면 해보라는 듯 표정 하나 바꾸지 않고 자신을 마주 보는 그의 태도였다.

"리즈 스타인은 협의된 대로 행동하도록."

"예."

저택 안에서 뭔가 무서운 말을 들었는지 리즈는 잔뜩 긴장한 채 오딘의 눈을 발동시킬 준비를 했다.

하이엘바인이 다급히 말렸다.

"잠깐! 발레이그르는 함부로 쓸 힘이 아니네! 아무리 가볍게 쓴다 해도 니무 오래 사용하면 리즈님의 육체에 가혹한 통증이 가해진단 말일세!"

"그래서 진통제를 먹었습니다."

비인간적인 발언에 자극된 하이엘바인이 정말로 주먹을 쥐고 눈을 부릅떴다. 그녀가 한 대 치려고 마음먹은 그 순간 리즈가 그녀의 앞을 가로막았다.

"그만하십시오."

그의 반응에 하이엘바인이 움찔했다.

"리즈님?"

"전 괜찮습니다, 하이엘바인님."

리즈는 진통제의 영향으로 중심도 못 잡는 상황이었다. 하지만 그는 어렵사리 웃었다.

"각오한 일입니다. 부디 제가 이분을 도울 수 있도록 해주십시오."

본인이 그렇게 나오는 이상 하이엘바인도 어쩔 수 없었다.

[걱정하지 않으셔도 됩니다, 하이엘바인님.]

[리즈님이 왜 저렇게 나서시는지 궁금합니다. 알아볼 수 있도록 허락해 주십시오.]

스트라케와 클라라가 차례로 그녀를 설득했다.

하이엘바인이 한숨을 쉬었다.

"부디 무례만은 피해주게나."

"알겠습니다."

훼이 목례를 했다.

스트라케, 클라라, 리즈를 걱정스럽게 둘러본 하이엘바인은 쑤밍과 함께 저택으로 들어갔다.

그녀의 걸음걸이는 마음만큼이나 무거웠다.

그녀가 들어오자마자 부엌에서 케롤이 나와 그녀를 불렀다.

"리오님께 이걸 전해주시겠어요?"

케롤은 큼지막한 접시를 들고 있었다. 그 접시 위엔 잼을 바른 빵과 잘 구워진 살코기들이 보기에도 좋게 쌓여 있었다.

"오, 고맙네. 자네가 이렇게 신경 써줄 줄은 몰랐네."

"웃흥, 저의 리오님을 위해서는 당연한 일이지요."

그가 마치 연인에게 꽃을 내미는 사람처럼 멋들어지게 오른팔을 뻗어 접시를 내밀었다.

쑤밍과 하이엘바인은 굳이 그런 자세로 음식을 건네야 할 필요가 있는지 궁금했다.

"정성을 생각해서라도 자네가 직접 건네줘도 될 것 같네만……."

"저도 그러고 싶지만 방금 밖으로 나간 짜증스런 인간 때문에 어쩔 수가 없네요."

휀에 대한 얘기였다.

"그가 자네에게도 무례를 저질렀군."

"살고 싶으면 지시가 있을 때까지 부엌에서 나오지 말라고 하더군요. 굴욕적이긴 하지만 디아블로님께서 당하신 일에 비하면 아무것도 아니잖아요?"

확실히 시비를 거는 말투였다.

케롤이 원하는 것은 당황하는 하이엘바인의 모습이었다. 전설적인 존재의 꼴불견을 봐야 조금이나마 마음이 풀어질 것 같아 시행한 소심한 복수였다.

하이엘바인이 그를 멀뚱히 바라봤다.

케롤은 이제 그녀가 자신에게 사과를 하던가, 상당히 면목 없어하는 모습을 보일 것이라 생각했다.

"아, 자네라면 좀 알겠군."

"예?"

"디아블로가 왜 그랬을 거라고 생각하나?"

그녀가 천연덕스럽게 물었다.

당황한 케롤이 손으로 안경을 꾹 눌렀다.

"그, 그렇게 나오신다 이거군요. 과연 리오님을 힘들게 하
신 분!"

"음?"

"아닙니다. 올라가세요, 하이엘바인님. 저는 조금 쉬어야
겠네요."

케롤이 비틀비틀 부엌으로 들어갔다.

하이엘바인은 모르겠다는 얼굴로 그를 지켜본 뒤 위층으
로 가는 계단을 밟았다.

CHAPTER 15
어머님

GodsKnight R

“흠, 그렇게 됐군요.”

하이엘바인의 이야기를 끝까지 들은 리오는 손에 든 빵의 나머지 조각을 입에 넣고 우물우물 씹었다.

그는 아직 제대로 움직일 수 있는 상태가 아니었다.

상처는 겉으로만 아물었을 뿐, 아폴론의 화살이 남긴 힘이 가시려면 적어도 며칠은 걸릴 분위기였다.

좀 쉬고 일어나자마자 그를 붙잡고 어젯밤의 일을 얘기한 하이엘바인은 리오가 쓰는 침대에 두 팔을 쭉 펴며 엎드렸다.

“정말 힘들군. 머릿속도 복잡하고.”

그녀가 험한 얼굴로 투덜거렸다.

"디아블로도 그렇지만, 휀 라디언트라는 자가 그런 남자일 줄은 몰랐네."

"모난 구석이 좀 많지요."

"모난 구석?"

엎드려 있던 그녀가 등을 활짝 폈다.

"번쩍 나타나서 하는 짓거리가 너무 밉지 않나! 아무리 현장 직원들을 통제할 수 있는 권한까지 가진 남자라 해도 융통성이 있어야지! 자네까지 그런 말로 그를 변호해 줄 줄은 몰랐네!"

리오 역시 휀을 그렇게 좋아하는 편은 아니었다. 하지만 그는 '만약'을 대비해 앞서 벌어진 상황을 설명해 둬야 할 필요가 있다고 판단했다.

"흥분하실 일은 아닙니다. 최선은 아니더라도 차선은 될 만한 상황이니까요."

"차선은 될 만한 상황?"

하이엘바인의 진하고 얇은 은색 눈썹이 묘하게 뒤틀렸다.

"머리를 썼다고나 할까요? 선신계의 공간 봉쇄가 풀리지 않은 상황에서 그가 정식으로 지원을 온 것은 쉬운 일이 아니지요. 루이체와 쑤밍이 내려오는 것과는 근본적으로 다른 얘기입니다."

간호를 위해 그의 옆에 앉아 있는 루이체와 쑤밍은 머쓱했다.

"무슨 말인가?"

하이엘바인이 묻자 리오는 침대 옆 탁자에 놓인 자신의 교신기를 들었다.

"이 교신기에는 케롤의 명함이 들어 있지요. 악마의 명함은 영혼의 일부를 교류하는 방식이기 때문에 공간 봉쇄와 같은 제약없이 명함의 소유자 앞에 모습을 드러낼 수 있습니다."

"그래서?"

리오는 평소의 그녀답지 않게 공격적인 태도를 보고 흠칫했다.

"디아블로라면 케롤의 위치 정보를 추적하여 자신이 이동할 길을 만드는 것 정도는 우습지요. 그는 부하의 의식과 감각에도 직간접적으로 관여할 수 있기 때문에 하이엘바인님을 발견하고 돕는 것은 어렵지 않았을 겁니다. 하지만 문제는 그 다음입니다."

"그다음?"

"그러니까… 우리 측과 디아블로가 말을 미리 맞춘 게 분명합니다."

"……."

리오의 말을 한참 동안 생각해 본 하이엘바인은 얼굴을 찡그리더니 급기야 오늘 아침 클라라가 두껍게 땋아준 자신의 머리를 잡고 빙빙 돌렸다.

현실도피처럼 보이는 행동이었다.

리오는 그녀의 멍한 눈을 보고 한숨을 내쉬었다.

'정치에 대해 매우 어려워하시는군.'

말이 좋아서 어렵다는 것이지, 바꿔 말하자면 전혀 모른다는 소리였다.

그가 헛기침을 했다.

"공간 봉쇄는 긴급 체포령을 받은 자를 막을 수 없습니다. 그리고 긴급 체포령은 가벼운 일로는 발동하지 않지요. 가브리엘과 우리엘 정도로도 부족합니다. 한마디로 디아블로가 이곳에 나타나지 않았다면 휜도 올 수 없었지요."

머리를 돌리던 하이엘바인의 손짓이 우뚝 멈췄다.

디아블로가 이 세계에서 사라지기 전에 '거래'라는 말을 강조한 것이 떠올라서였다.

"그, 그렇군. 하지만 왕으로서 군림하는 자가 왜 그런 일을 했단 말인가?"

"그것은 오히려 제가 여쭙고 싶군요."

그의 말에 하이엘바인은 머리를 갸우뚱했다.

리오가 진지한 얼굴로 물었다.

"디아블로와 어떤 사연이 있으신 겁니까? 그가 왕으로서의 입장과 자존심을 내팽개치고 긴급 체포를 자청하는 것은 정말 대단한 일입니다. 예전에 그를 단순히 어리고 기특하여 좋게 보셨다고 했는데, 좀 더 자세히 말씀해 주십시오."

"음……."

철창처럼 생긴 의자의 등받이에 몸을 제대로 댄 하이엘바인은 다리를 포개고 팔짱을 가볍게 꼈다.

투정쟁이 소녀의 분위기는 사라지고 기품이 물씬 풍겼다.

"그는 그저 용맹하기만 한 전사였네. 젊다기보다는 어렸지만 항상 목숨을 내놓고 싸웠지. 제대로 죽을 각오도 되어 있지 않은 주제에 말이야."

그녀의 이야기가 이어졌다.

"그와 그의 전우들을 쓰러뜨리는 것은 간단한 일이었네. 그런데 그는 달랐네. 그의 전우들은 오로지 눈앞의 적들을 보는 것에 바빴지만 그는 꿈을 보고 있었지. 그 모습이 너무 순수해서 도저히 죽일 수 없더군. 그래서 생포했다네."

"그것이 첫 번째 생포로군요."

"그렇지."

그녀는 과거를 회상하며 웃었다.

"난 그에게 이름과 소속을 물었네. 이름은 디아볼리우스. 소속은 노예 검투사. 그리고 머지않아 왕이 될 사내. 이것이 그의 대답이었네. 어떻게 왕이 될 거냐고 질문하니 나를 죽이고 왕이 되겠다고 했네. 그 말에 스트라케가 반쯤 미쳐서 그를 죽이려고 난동을 부렸지."

리오로선 예상 밖의 이야기였다.

"스트라케님이 말씀이십니까?"

"그 당시의 디아블로는 스트라케와 같은 지휘관 급 발키리에게는 못 미치는 존재였네. 지금처럼 강하지 않았지."

거기서 리오는 자신이 목격했던 스트라케와 클라라의 힘이 제대로 된 것이 아닐지도 모른다는 생각을 해봤다.

"얼마 지나지 않아 두 번째로 붙잡혔을 때는 한 번만 더 살려달라고 요구했네."

"요구요? 싹싹 비는 게 아니라요?"

이번엔 루이체가 물었다.

하이엘바인이 명랑한 미소를 지었다.

"그렇단다. 물건을 주문하듯이 말하더구나. 그 모습이 재미있어서 다시 한 번 놔주었지."

루이체는 그런 개념 없는 자를 멀쩡히 놔준 하이엘바인을 도무지 이해할 수가 없었다.

"세 번째 만났을 때의 그는 잔뜩 겁에 질려 있었다네. 게다가 처량했지. 동료 없이 혼자 왔거든."

"혼자 왔으면서 두려움에 떨다니, 좀 이상하군요."

리오가 면도를 하루 하지 못해 거칠어진 턱을 쓰다듬었다.

"반란군 측에선 두 번이나 멀쩡히 살아 돌아온 자를 신뢰하기 힘들었을 것이네. 사실 그는 반란군 측의 영웅이었지. 발할라 침공 직전까지 그는 반란군 안에서 다섯 손가락 안에 드는 활약을 했네."

하이엘바인은 어깨를 으쓱했다. 리오에게 배운 버릇이었다.

"하지만 그들은 나를 상대로 두 번이나 살아 돌아온 자를 영웅으로 취급해 줄 만큼 아량이 넓은 집단이 아니었지. 그래서 그는 특공이라는, 사실상 숙청이나 다름없는 명령을 받게 되었다네."

"음……."

그런 자들이 만든 신계에서 태어나 살아가고 있는 리오와 루이체, 쑤밍은 마음이 조금 복잡했다.

"난 그와 싸우며 왜 그렇게 두려워하냐고 물었네. 그는 자신이 이대로 죽으면 노예 검투사들을 위한 왕국을 세우겠다는 꿈이 그냥 사라지지 않느냐며 발악하더군. 그래서 다시 그를 붙잡았네."

그녀는 웅크리듯 한쪽 다리를 가슴에 바짝 올려붙이고 턱을 그 위에 댔다. 허벅지가 조금 두꺼운 편인 루이체에겐 부러운 자세였다.

"이번에도 다시 놓아줄 테니 다음에는 전우들과 목숨을 걸고 오라고 했네. 그랬더니 그가 걱정하더군. 이번에 자신을 버린 자들이 과연 다음에 자신을 믿어주겠냐고 말일세."

"저도 궁금하지 말입니다!"

어렸을 때부터 영웅들의 이야기를 읽고 선망해 왔던 쑤밍은 이미 이야기에 푹 빠져 있었다.

"예로부터 겁쟁이들은 한 번 성공한 자를 무시하고 두 번 성공한 자를 질투한단다. 그리고 세 번 성공한 자를 떠받들지."

"오오오!"

감동한 쑤밍이 눈을 반짝거렸다.

반면 루이체와 리오는 이렇게 멀쩡한 그녀가 왜 가끔 이해가 안 되는 발언과 행동을 하는지 궁금했다.

하이엘바인이 결론을 말했다.

"내 생각대로 그는 영웅이 된 것 같네."

"…된 것 같다는 말씀은?"

"더 설명할 필요가 있나? 지금 그는 왕이 되었지 않나?"

하이엘바인은 당연하지 않느냐는 듯 말했다.

단순하지만 딱히 부정하기도 힘든 공식이었기에 모두는 일단 수긍했다.

그리고 그렇게 넘어갈 수밖에 없었다.

휀이 대충 노크를 하며 방 안으로 쳐들어온 것이다.

"대충 대화를 마치신 듯하니 인수인계에 대해 이야기하도록 하겠습니다."

리오는 그가 그렇게 나올 줄 알았다는 듯 피식 웃었다.

반면 그의 행동 양식에 익숙지 못한 하이엘바인은 전과 마찬가지로 매우 불쾌해했다.

'저자는 뜬금없이 나타나는 게 특기인가?'

그녀의 입술이 앞으로 툭 튀어나왔다.

리오가 머리 뒤로 팔을 엮어 팔베개를 했다.

"얘기해 보시지."

시비조였다.

그가 휀의 태도에 익숙한 만큼 휀 역시 리오의 태도에 익숙했기에 이야기는 별탈없이 시작됐다.

"이제부터 이 도시는 내가 맡는다. 너는 니블헤임이라는 이름의 도시로 가라."

도시의 이름에 하이엘바인이 크게 꿈틀했다.

'니블헤임이라고?'

휀과 눈싸움을 벌이느라 그녀의 반응을 보지 못한 리오는 기다렸다는 듯 딴죽을 걸었다.

"가는 건 좋은데, 가서 어쩌라는 거지? 사탕이라도 팔까?"

"친절한 설명이 필요한가 보군."

시작부터 신경전이 오갔다.

"이 세계에는 총 세 개의 유적이 있다. 그중에서 신의 눈을 가리는 유적은 이번에 파괴됐고 신의 귀를 막는 유적은 이 도시 지하에 있으며, 마지막으로 신의 입을 닫는 유적은 니블헤임에 존재하지."

휀이 말을 이었다.

"사탕을 파는 것은 말리지 않을 테니 가서 임무를 해라."

"흠."

리오의 검붉은 눈썹이 한차례 꿈틀거렸다.

"유적이라고 했는데, 정말 유적이 맞나? 아틀라스처럼 옛 신계와 관련된 인물은 아니셌시?"

리오의 경험상 아틀라스처럼 스스로 꾀를 부려 일을 꼬이게 만들고 자멸까지 하는 경우는 옛 신계와 관련된 경우들 가운데 최악이었다.

"아마도 그 아틀라스는 생명체로서의 의미를 거의 잃은 상태였을 것이다. 생명체가 아니라면 유적이지."

리오는 휀이 니블헤임이라는 곳에 뭐가 있는지 알고 그렇게 말하는 건지, 아니면 대충 말을 갖다 붙이는 것인지 분간이 잘 안 됐다.

한편, 엉망이 된 그의 머리가 땅과 하나가 되어 있는 모습을 확실히 목격했던 하이엘바인과 루이체는 서로를 잠깐 마주 보고 표정을 구겼다.

"유적이라 치고, 그럼 그 유적에 이름이 붙은 이유는 뭐지? 눈이니, 귀니, 입이니."

"여기서 꺼낼 정보는 아니다. 그리고 너에게는 정보에 대한 접근 권한이 없다."

툭 잘라 버리는 듯한 그의 말에 리오가 눈을 찡그렸다.

"지적하자면, 상부에서는 이 세계 시간으로 이틀 전에 파괴된 그 유적을 너에게 점검해 보라고 지시했을 뿐, 그 이상의 일을 저지르라고 하진 않았다. 그에 대해 그냥 넘어가는 것만으로도 다행으로 알도록."

"흠."

리오는 슬그머니 시선을 돌렸다.

"난 그냥 넘어갈 수 없네!"

하이엘바인이 벌떡 일어나 휀의 앞에 섰다.

"그곳에 스트라케가 있었네! 내 전우가 레플리카 안에서 이유도 모른 채 갇혀 지냈단 말일세! 만약 우리가 그곳을 살피지 않았다면 나와 스트라케는 영영 만날 수 없었을지도 모르네! 말이 나온 김에 그에 대해 설명해 보게나!"

"아무 대답도 해드릴 수 없습니다."

"이유가 뭔가?"

"저도 아는 바가 없기 때문입니다."

허무한 대답이었다.

하이엘바인은 휀을 거짓말쟁이 보듯이 노려봤다.

"진담인가?"

"제가 들은 것은 이 도시를 맡으라는 지시뿐이었습니다. 그 외엔 들은 바가 없습니다."

해명은 나왔지만 그녀는 곧이곧대로 믿지 않았다. 대답의 진실 여부를 떠나 일단 표정부터가 전혀 해명하는 사람의 것이 아니었기 때문이다.

휀은 어떻든 상관없다는 표정으로 일관했다.

"그럼 헤라클레스에 대한 대책은 있나? 그냥 놔둬도 될 정도로 가벼운 존재는 아닐 텐데?"

리오의 질문이었다.

"그쪽은 바이론이 맡았다."

"호오, 나올 사람은 다 나왔군. 하지만 바이론 혼자 가능할까?"

"그에게 맡겨진 임무는 오직 추적이다."

바이론의 경우 이름만 알고 있는 하이엘바인은 단순히 그렇겠거니 했으나 리오와 루이체, 쑤밍은 이상한 미소를 지었다.

지금 거론된 남자, 바이론은 휀, 그리고 리오와 마찬가지로 하이볼크의 힘을 받은 자였다.

피부의 색이 보통의 인간에게선 볼 수 없는 회색이었고 큰 키와 두꺼운 근육질은 그 자체가 공포이자 흉기였다. 하지만 그런 외모보다 더 유명한 것은 광기였다.

한없이 야만적인 모습으로 적을 철저히 분쇄하는 그의 싸움 방식은 잠깐이나마 아군이 된 사람들을 질리게 만들 만큼 포악하고 무자비했다.

바이론의 그런 면을 잘 아는 리오는 '추적'이란 단어를 그와 결부시키는 것이 매우 힘들었다.

"그 성격에 추적만?"

"추적을 하든 시비를 걸든 내가 알 바는 아니지."

냉랭하게 대답한 휀이 이어서 말했다.

"하지만 그는 좀 미쳤을 뿐 어리석진 않아."

리오도 그 말에는 동감했다.

"움직일 수 있을 만큼 몸이 회복되면 하이엘바인님과 함께 출발하도록. 세부적인 사항은 그때 다시 얘기하겠다."

리오에 대한 볼일을 마친 휀은 다음 단계로 들어갔다.

"하이엘바인님께서는 저와 함께 가서야 할 곳이 있습니다."

"지금 말인가?"

"미루셔야 할 이유가 있습니까?"

그의 요구가 내키지 않았던 하이엘바인은 어찌할까 고민

하다가 복근에 힘을 잔뜩 넣었다.

꼬르륵 소리가 우렁차게 터졌다. 마침 옆방에서 수프를 먹으며 쉬고 있던 도로시가 수저를 놓칠 정도로 큰 소리였다.

휀은 건조한 눈으로 그녀를 봤다.

반면 리오는 코를 얻어맞은 사람처럼 두 손으로 얼굴을 덮었고 루이체와 쑤밍도 부끄러워 고개를 돌렸다.

돌려서 표현할 것도 없었다. 그녀가 사용한 방법이라고는 상상할 수 없을 정도로 추했다.

"하하, 이거 배가 고파서 원!"

동료들의 참담한 표정을 보지 못한 하이엘바인은 헤벌쭉 웃었다. 그러나 속이 뻔히 보이는 그녀의 미소는 휀의 눈빛에 억눌려 얼마 가지 못했다.

"미안하네. 저택 밖에서 잠시 기다리게나."

"알겠습니다."

휀이 먼저 방을 나갔다.

하이엘바인이 뒷머리를 긁적거렸다.

"자네, 저 남자랑 친한가?"

"전혀 아닙니다."

딱 잘라 대답한 그는 큰 폭으로 고개를 저었다.

"이곳을 맡겨도 될 만한 자인지 모르겠군. 스트라케와 클라라는 일단 이곳에 남겨둘 예정이네만……."

오늘 아침부터 그렇게 마음먹은 것이 아니라 앞으로 가야 할 도시의 이름이 니블헤임이라는 이야기를 듣고 결정한 사항이었다.

루이체와 쑤밍은 니블헤임에 대해 전혀 알지 못했고 리오는 듣긴 했지만 오래전에 들었을뿐더러 오딘 역시 대충 얘기했기에 기억하지 못했다.

"인간적인 문제 말고는 걱정하지 않으셔도 됩니다. 실력 하나는 확실하지요."

"아, 그런가?"

하이엘바인은 의구심을 떨치지 못했다.

리오가 있기 이전부터 신계에서 손꼽히는 전투 능력으로 유명했던 것은 물론 큰 국가의 정규군도 몇 번이나 지휘해 본 남자. 그것이 바로 그녀가 알고 있는 휀 라디언트라는 남자였다.

하지만 모두 전해 들은 이야기일 뿐 그의 실력을 직접 본 일은 단 한 번도 없었기에, 휀에 대한 그녀의 신뢰는 바닥을 긁고 있었다.

"자네가 그렇게 얘기한다면 조금 안심이 되네만, 그래도 속이 편치 않네."

리오는 씩 웃었다.

"그래도 저분 역시 발전하신 부분은 있지 말입니다."

쑤밍이 말하자 리오와 루이체가 놀랐다.

"진짜?"

친구가 묻자 쑤밍은 의외였다는 표정으로 고개를 끄덕였다.

"응. 담배 냄새가 안 났어."

"아……!"

그러고 보니 그랬다. 예상 못한 사실을 깨달은 리오와 루이체는 바짝 긴장했다.

"끊은 걸까, 오빠? 끊었다면 이유가 뭐지? 남자가 담배를 끊는 건 여자가 머리를 자르는 것보다 큰일이라고 들었는데?"

"난 담배에 흥미가 없어서 모르겠지만 네가 모르는 사건 사고를 내가 알 리가 없잖아? 난 신계에 도는 소문은 거의 모른다고."

"하, 하긴."

루이체는 주신계에 있는 친구들에게 연락하여 진실을 알고 싶었지만 연락 두절 상태는 여전히 이어지고 있었다.

"혹시 새로 사귀는 사람이라도 있나?"

루이체가 말을 툭 던져 봤다.

"흐."

리오와 쑤밍, 하이엘바인이 동시에 샐쭉 웃었다. 적어도 여자 문제는 아닐 거라는 뜻이었다.

루이체가 머쓱해하는 가운데, 하이엘바인이 자리에서 일어났다.

"그럼 나는 나가보겠네. 몸조리 잘하고 있게."

"알겠습니다."

하이엘바인이 바삐 나갔다.

리오는 침대에 몸을 똑바로 뉘었다. 그는 가슴에 손을 얹고 자신의 몸 상태를 점검해 봤다.

"완치가 될까?"

"괜찮아."

루이체는 리오에게 빌린 교신기를 꺼내 그의 몸을 다시 살폈다.

"오빠도 느꼈겠지만 손상 부위에 남아 있는 힘의 성질은 자연 그 자체야. 그래서 소멸되는 속도가 빨라. 어제는 그 힘이 너무 강력해서 우리가 아무것도 못했지."

"태양신의 힘이라 이거지?"

"응."

루이체가 뿌루퉁한 표정을 지었다.

"우리 정말 괜찮을까? 어제 감지된 아폴론의 힘은 그 순수함만으로 따지자면 현재 존재하는 같은 계열의 신들 이상이었어."

"글쎄? 아직 모르겠네."

리오는 동생의 의문을 그렇게 대강 마무리지었다.

'진짜 힘은 아니었을 거야.'

만약 아폴론이 완벽한 몸 상태였다면 번거롭게 히드라를 동원할 필요도 없었을 것이다. 리오는 그렇게 판단했다.

그는 아폴론을 등장시킬 만한 배경이 무엇인지가 신경 쓰여 속이 아플 지경이었다. 하지만 아무런 정보도 없이 고민하며 몸살을 앓는 것은 그의 성질에 맞지 않는 일이었다.

'니블헤임에 대한 일이나 생각해 볼까? 어디서 들어본 것 같긴 한데……'

막상 고민하자니 상처가 쓰렸다. 그는 루이체에게 교신기를 달라는 말을 할까 하다가 그만두었다.

*　　　*　　　*

"오래 기다리게 했군."

저택 밖에서 하이엘바인을 기다리고 있던 휀은 그녀의 목소리가 들린 방향으로 몸을 돌렸다.

빵이 한 가득 든 봉투를 손에 쥔 하이엘바인이 저택의 정문을 지나고 있었다. 그녀의 모습을 본 휀의 눈썹이 살짝 꿈틀했다.

주변에 있던 사람들도 그녀를 보고 깜짝 놀랐다.

"어!"

사람들의 외마디 비명을 들은 하이엘바인은 주변을 둘러 봤다.

'모두 어제 일 때문에 힘들어하는군.'

씩씩하게 빵을 씹던 그녀가 모두에게 손을 흔들었다, 청량 감이 느껴지는 미소도 곁들여서.

"용기를 내시오, 모두들! 두려움을 갖게 되면 아무 일도 할 수 없소!"

그러나 사람들은 두려움을 떨치지 못했다.

그녀가 타고 나온, 어깨높이만 한 수컷 들소에 가까운 스트 라케 때문에라도 그럴 수밖에 없었다.

분위기를 모르는 하이엘바인은 케롤에게 얻어온 빵을 뜯어 입에 넣었다. 스트라케의 등판에 떨어진 빵가루를 털어주는 것도 잊지 않았다.

"케롤은 왜 나에게 고기를 안 주고 빵을 줬는지 모르겠군."

볼멘소리를 낸 그녀는 문득 휀을 봤다.

"자네도 좀 들겠나?"

"사양하겠습니다."

"맛있는데."

"……"

휀은 왼쪽 관자놀이를 손바닥으로 눌렀다.

그는 하이엘바인이 도심 한가운데에서 늑대에 올라탄 채 빵을 뜯어 먹을 만큼 뻔뻔한 여성일 줄은 전혀 예상하지 못했다.

"가루로 만든 음식은 배가 빨리 꺼지는데 말일세."

연신 투덜대는 그녀를 휀은 무표정하게 바라봤다.

"그래, 어디를 가자는 것인가?"

그녀가 묻자 휀은 묘하게 어두워지던 표정을 바로잡았다.

"이 도시의 유적으로 안내해 드리겠습니다."

"오, 정말인가? 그럼 클라라도 데려가야겠군!"

스트라케는 찬성의 의미로 꼬리를 흔들었다.

"스트라케님은 상관없지만 클라라님은 허락할 수 없습니다."

"그, 그런가? 아쉽군."

휀이 워낙 당당하고 거세게 나온 탓에 하이엘바인은 제대로 따지지 못했다.

"유적의 위치는 어딘가?"

"저 성의 밑에 있습니다."

"역시 그렇군. 하지만 공작의 부하들이 우리를 들여보내 줄 것 같나?"

"저에게 맡기십시오."

리오가 자주 하던 말을 휀이 할 줄은 몰랐던 하이엘바인은 조금 신선하면서도 불안했다.

'앞을 막는 자가 있다면 다 정리해 버릴 분위기인데……?'

맡겨달라고 말을 할 때마저 일말의 변화가 없었던 그의 눈빛이 하이엘바인의 생각을 뒷받침했다.

꺼림칙함은 스트라케도 마찬가지로 느끼고 있었다. 하나 그녀는 하이엘바인이 돌아가자는 말을 꺼내지 않았기에 잠자코 휀을 따라갔다.

지친 하이엘바인이 두 발로 처량하게 걸어가는 모습은 스트라케에게 있어서 용납할 수 있는 문제가 아니었다. 그에 비해 휀이 뿌리는 꺼림칙함은 그냥 어쩔 수 없는 세금 같은 것이었다.

도시는 곳곳에 뚫린 구멍과 무너진 건물들로 인해 엉망이었다. 희생자의 수는 겉보기보다 적었지만 그 부족함에 즐거워하는 사람은 아무도 없었다.

폐허들 사이에 갇힌 시신들이 미약한 냄새를 풍겼다.

아직 시신을 거두는 작업은 시작되지도 않았다. 그 문제를 결정하고 집행해야 할 공작과 그 신하들은 살아 있는 사람들을 위한 문제만으로도 팽팽히 맞서고 있었다.

이 상태가 그대로 지속된다면 도시는 시체들이 썩는 냄새로 인해 또 다른 지옥으로 변할 것이다.

하이엘바인은 당장에라도 스트라케와 함께 그들을 돕고 싶었다.

"돕지 마십시오."

휀이 말했다.

"규정과 원칙인가?"

"알고 계시니 설명은 생략하겠습니다."

"괜찮네. 리오 덕분에 익숙하네."

하이엘바인은 느끼지 못했지만 휀은 지금 그 말을 대단히 의미있게 받아들였다.

규정이나 원칙을 교묘하게 위반하는 것을 자랑으로 삼았던 남자, 리오가 대선배라는 말도 부족한 하이엘바인을 이렇게까지 교육시켰다는 것은 놀라운 일이었다.

"그는 의외의 능력을 갖고 있군요."

억양은 좀 그랬지만 결코 들을 수 없을 것만 같았던 휀의 칭찬에 하이엘바인은 루이체에게 배운 것 그대로 주먹을 꾹 쥐고 엄지를 폈다.

"물론이지! 리오는 언젠가 하반신으로 신계를 정복할 남자가 아닌가!"

그 말을 듣고도 휀은 묵묵히 몇 발자국을 걸었다.

그러던 그가 갑자기 하이엘바인을 봤다.

"반역을 꾀할 인간은 아닙니다만."

"응?"

둘 사이에 잠시 정적이 흘렀다.

이야기를 듣고 있던 스트라케는 이런 식으로 말이 안 통할 수도 있다는 것을 새롭게 깨달았다.

공작의 성이 가까워졌다. 하이엘바인은 주변 건물들에 비해 새것이나 다름없는 그 성을 보며 휀에게 물었다.

"가브리엘과 우리엘은 어찌할 생각인가? 자네라면 그들이 저지른 행위에 대해 좀 알 것 같네만."

"보고는 잘 들었습니다."

"그렇다면 주신계에서 당장 그 교활한 자들을 처벌해야 마땅하지 않나?"

휀은 상황을 제대로 설명할 방법을 잠시 생각했다.

"메타트론에 대해 기억하십니까?"

"기억하다마다."

가브리엘이나 우리엘의 경우와 달리 하이엘바인은 그 이름을 확실히 기억했다.

메타트론은 발할라를 공격하던 반란군을 진두지휘하던 인물일 뿐만 아니라 생각보다 뛰어난 능력으로 하이엘바인을 괴롭혔던 최고의 장수였다.

신계혁명이 끝난 이후에는 선신계 천사들의 최고 지휘관으로서 자리 잡았으나 어떤 임무를 받아 선신계를 떠난 뒤 최종적으로는 실종 처리가 되었다.

실제로는 리오와 휀을 비롯한 자들의 손에 소멸되었는데, 실종 처리가 된 이유는 선신계의 명예와 메타트론이라는 이름값 때문이었다.

"전투 능력도 상당하고 지략도 훌륭했던 자였지. 맹장이라기보다는 지장이었네. 아, 정말 힘든 상대였지."

그녀는 추억에 잠겼다. 전사의 입장에서 메타트론과의 전투는 괴로웠던 만큼이나 되새기는 맛이 있었다.

자신의 인생에서 가장 치열하고 뜨거웠던 순간을 떠올릴 때는 그녀뿐만 아니라 그런 순간을 가진 모든 이들이 그럴 것이다.

"그 메타트론마저 간단히 이용하고 버린 곳이 바로 선신계입니다."

"뭐라고?"

하이엘바인에겐 충격적인 소식이었다.

"버렸다니, 무슨 말인가? 설마 죽도록 만들었단 말인가?"

"그를 소멸시킨 것은 저희들입니다."

"말도 안 되네! 그는 반란분자였지만 영웅이었네!"

"사실입니다. 그리고 그 사건은 비교적 얼마 안 된 일입니다."

뜻하지 않은 이야기를 접한 하이엘바인은 분한 나머지 주먹으로 자신의 가슴을 쳤다.

"차라리 반란사건 때 발할라의 성문 앞에서 전사했어야지, 왜……!"

그녀는 진심으로 슬퍼했다.

"우리가 더 확실한 증거를 잡지 못하면 그들은 가브리엘과 우리엘마저 그렇게 버리고 끝낼 겁니다."

"으음……."

하이엘바인의 한숨이 분노에 진동했다.

"그들의 근본을 뜯어고칠 기회라 생각하시고 잠시 견디십시오."

스트라케는 하이엘바인으로 하여금 인내를 강요하는 휀의 태도가 상당히 불쾌했다.

'어린 녀석이 감히……!'

의사소통만 할 수 있었다면 그녀는 당장에라도 욕설을 퍼부었을 것이다.

"그렇다면 디아블로는 어찌 되나? 설마 그 친구도 그렇게 끝나는 건가?"

"그분은 이 세계 시간으로 따졌을 때 일주일 내로 자택에 귀환하실 겁니다."

"그럼 정말 주신계와 그 친구가 거래를 했단 말인가?"

"주신계는 선신계와도 거래를 한 일이 몇 번 있습니다. 어려운 일은 아닙니다."

하이엘바인은 불안했다.

"다행이라고 생각하면 되겠나?"

그런 질문을 할 만큼 그녀의 마음은 복잡했다.

"입장 차이는 있겠지만 하이엘바인님께는 다행일 겁니다."

"그렇군. 그 친구까지 허무하게 사라졌다면 난 견딜 수 없었을 걸세."

그녀는 자기 자신을 위로하듯 스트라케의 털가죽을 연신 어루만졌다.

"이번에는 제가 실문을 드려도 되겠습니까?"

"아, 그러게."

"루이체의 보고에는 리오가 가브리엘들에게 사로잡힌 하이엘바인님을 구했다고 되어 있습니다. 맞습니까?"

하이엘바인은 답을 일단 피했다. 질문의 분위기가 매우 공격적이었기 때문이다.

"그렇다면 그가 가브리엘과 우리엘, 둘 중 한 명을 아주 빠른 시간 내에, 그것도 완벽히 제압했다는 가설이 성립됩니다. 아무리 리오라고 하더라도 장로 천사 둘을 한꺼번에 상대할 능력은 없기 때문입니다."

"……."

"그가 장로 천사를 제압한 방법이 궁금합니다."

하이엘바인은 휀이 대체 왜 그런 질문을 하는지 생각해 봤다.

'그냥 무용담을 듣고 싶은 얼굴은 아닌 것 같은데……?'

그가 요구하는 것은 불멸의 권한을 가진 장로 천사를 완벽히 제압하는 '방법'이었다. 그녀는 현명한 대답을 위해 그때를 잠시 회상해 봤다.

'설마?'

당시 리오는 그람을 이용해 우리엘을 처리했다.

그는 그것을 하이엘바인을 위해 쓰라며 오딘이 건네준 물건이라고 설명했을 뿐, 정당성에 대해서는 이야기하지 않았다.

'그렇군. 그람을 추적하고 있군.'

주신계의 보호와 감시를 받는 오딘이 리오에게 규정 이상의 무기를 넘겨주는 것은 상상 이상으로 큰일일지도 모른다.

그리 판단한 하이엘바인은 휀에게 내놓을 대답을 조심스럽게 결정했다.

"리오의 능력을 과소평가하는군. 자네의 전우를 좀 더 믿고 자랑스러워하게."

"알겠습니다."

휀은 그냥 그렇게만 말했다. 그런 시원한 맺음이 하이엘바인의 마음을 또 압박했다.

공작의 성에 다다른 휀과 하이엘바인은 곧장 병사들의 제지를 받았다.

병사들은 그들이 성문으로 가는 길목에 들어오자마자 부리나케 달려왔는데, 그냥 왔어도 가로막힐 판에 스트라케를 타고 왔으니 당연한 일이었다.

"멈춰라!"

방패와 중장갑옷으로 무장한 병사들이 그들의 앞길을 물샐틈없이 막았다. 뒤이어 깃털장식으로 자신의 계급을 확실히 드러낸 장교가 앞으로 나섰다.

"이곳은 통제구역이다! 지금은 그 누구도 들이지 말라는 명이 내려져 있으니 당장 물러가라!"

휀은 듣는 척하며 그들을 살폈다.

병사들은 거의 제정신이 아니었다. 밤새 무거운 갑옷을 입은 채 차원이 다른 공포와 싸운 결과였다.

그들 대부분은 하이엘바인에게 정신이 팔려 있었다. 너무 아름다워서가 아니라 어이가 없어서였다.

"어이, 저 여자……."

"큰 늑대를 타고 독립군들과 맞서 싸웠다는?"

"그래, 아침에 왔던 기병대 녀석들이 얘기했어. 저 여자가 확실해."

뒤쪽 병사들이 수군거리자 장교가 그들을 노려봤다.

"어느 때라고 정신을 놔! 군법으로 다스리겠다!"

병사들이 바짝 얼었다.

하이엘바인이 스트라케의 등에서 내려왔다.

"진정하시오. 우리는 그대들에게 해를 입히려고 온 것이 아니라오."

"물러가라고 말했다!"

장교가 방패 뒤쪽에 보관하고 있던 검을 뽑아 하이엘바인을 겨눴다.

"당신이 어제 이 도시를 구원한 자라 할지라도 지금은 들일 수 없다! 은혜를 입었다고 하여 명령을 어기는 군인이 세상 어디에 있단 말인가!"

그는 원칙을 최대한 강조하고 있었다.

그들의 입장과 심정을 무시할 수 없었던 하이엘바인은 리즈에게 이 일을 부탁하는 것이 낫겠다고 판단했다.

그녀는 곧바로 휀과 정신감응을 시도했다.

[오늘은 그냥 돌아가세. 리즈님이 이 도시의 공작과 잘 아는 사이이니 그분을 통해 정식으로 소개를 받고…….]

휀이 장교의 투구를 붙잡았다.

얼굴을 붙들린 것과 다름없는 상황에 장교는 분노했지만 그의 의식은 그 직후 단절되고 말았다.

강한 빛이 장교가 쓴 투구를 지나갔다.

장교는 무릎이 망가질 기세로 꿇어앉고는 옆으로 스륵 쓰러졌다.

하이엘바인의 얼굴에서 핏기가 쭉 빠졌다.

"이, 이보게! 규칙과 원칙! 규칙과 원칙은 어찌 된 건가?"

휀은 무시하듯 두 눈에 빛을 품었다.

"제 규칙과 원칙은 이것입니다."

그를 중심으로 터진 빛의 파문이 병사들을 덮쳤다. 병사들은 눈을 하얗게 뒤집으며 전후좌우로 쓰러졌다.

하이엘바인은 리오가 자신을 꾸중할 때 어떤 기분으로 그랬는지 어렴풋이 알 것 같았다.

공작의 성 외부를 순식간에 제압한 휀은 쓰러진 병사들 위를 성큼성큼 넘어 성안으로 들어갔다.

"멍청히 뭘 하는 건가!"

본성의 발코니에서 뒤늦게 그 상황을 목격한 공작, 세브리노 록펠은 그냥 멍하니 서 있는 위병들을 호되게 다그쳤다.

"어서 성문을 닫고 다리를 올리라는 명령을 전달하란 말이다!"

그렇게 말하긴 했지만 그런 대책이 과연 효과가 있을지는 공작 자신조차 의문이었다.

대낮에도 훤히 보이는 빛줄기가 성문과 성벽을 지나갔다.

무엇 하나 부서진 것은 없었지만 건물 내에서 명령을 기다리던 병사는 성문 밖의 병사들과 마찬가지로 의식을 잃고 쓰러졌다.

휀과 하이엘바인, 그리고 그녀를 태운 스트라케가 성문을 통과했다.

성내의 병사들이 죽을 각오로 그들에게 몰려갔지만 휀이 발산하는 파동에 맞자마자 우르르 쓰러졌다.

공작은 산 채로 쓰러지는 병사들의 모습을 보고 어젯밤 이상의 공포를 느꼈다. 그러나 그는 도망치기보다는 맞서 싸우는 쪽을 택하는 성격이었다.

공작은 위병이 들고 있는 활과 화살을 빼앗아 성을 거닐고 있는 휀을 겨냥했다.

"왕께서 맡기신 이 성을 그냥 넘겨줄 수 없다!"

빛이 공작과 위병들을 덮치기 직전, 침입자와 시선을 맞댄 공작은 자신이 부질없는 짓을 하고 있음을 깨달았다.

큰 빛줄기가 지나간 뒤 위엄과 박력을 잃고 멍한 표정이 된 공작은 위병들과 함께 발코니 위에 쓰러졌다.

휀이 결국 공작까지 쓰러뜨리자 하이엘바인은 자포자기하여 스트라케의 등에 두 손을 댔다.

"아아, 어째서……!"

일을 거의 마친 휀은 그녀를 흘끔 봤다.

"괘념치 마십시오. 이들은 자신들이 무슨 일을 당했는지조차 기억하지 못할 겁니다."

"살아 있긴 한 건가?"

휀은 대답하지 않았다. 매우 사소한 질문이기에 그런 것이지만 하이엘바인은 그가 무책임하다고 생각했다.

본성으로 들어간 휀은 시종들까지도 전부 기절시킨 뒤 교신기를 꺼내 들었다. 그의 조작에 따라 교신기의 화면에 성의 도면이 떠올랐다.

"내부에 있는 계단을 통해 지하로 가면 됩니다."

그의 안내에 하이엘바인은 의문을 가졌다.

"자네도 구조를 몰랐나?"

"그렇습니다."

하이엘바인은 그의 뻔뻔함에 머리 위만 쳐다봤다.

그와 하이엘바인은 도면을 따라 지하로 내려갔다. 계단의 폭이 넓어서 스트라케도 문제없이 지나갈 수 있었다.

계단에 들어오는 빛이 사라지자 휀이 손가락을 튕겼다. 계단 좌우에 길게 위치한 횃불들이 일제히 켜졌다.

계단은 꽤 깊었다. 그리고 그 끝은 커다란 석화에 가로막혀 있었다.

머리카락이 뱀들로 이뤄진 여성과 무기를 든 남자의 사투가 정교하게 묘사된 그 석화는 하이엘바인의 흥미를 끌었다.

"기묘한 석화로군."

그녀의 눈동자가 황금색으로 변했다.

석화를 찬찬히 살핀 그녀는 그 석화가 이 성보다 오래됐다는 사실을 알고 깜짝 놀랐다.

"제작연도 측정이 불가능하지 않나? 어찌 된 영문인가?"

그녀가 물었지만 휀은 교신기를 만지는 손을 멈추지 않았다.

"아틀라스를 이미 보신 입장이라 놀라지 않으실 줄 알았습니다만."

작업을 마친 휀은 석화 쪽으로 교신기를 내밀었다.

웅장한 진동과 함께 석화가 뒤로 조금 물러나더니 위쪽으로 서서히 올라갔다.

그 석화는 일종의 문이었다. 그리고 그 문 뒤에는 돌을 깎아 만든 승강기가 놓여 있었다.

승강기는 사람 수십 명이 들어가고도 남을 정도로 넓고 컸다.

"또 승강기인가?"

"아틀라스와 만나셨을 때 사용하신 것과는 다른 물건입니다."

휀이 승강기 안쪽으로 손을 뻗었다.

"먼저 들어가십시오."

하이엘바인을 태운 스트라케가 오른쪽 앞발로 승강기의 바닥을 살짝 눌렀다가 떼었다. 그리고 그 동작을 두어 번 반복했다.

그녀는 기계에 대해 잘 모를뿐더러 일종의 공포증까지 갖고 있었다.

"괜찮다, 스트라케. 나와 함께하면 그 어떤 시련이라도 이겨낼 수 있을 거다."

스트라케가 용기를 내어 승강기 안으로 들어갔다.

'시련이라……'

그런 말을 붙일 사건씩이나 되냐는 투로 생각한 휀은 갈기와 같은 머리를 쓸어 넘기며 승강기에 탔다.

휀이 교신기를 조작하자 승강기의 문이 닫히고 아래로 내려갔다.

몸이 억지로 가벼워지는 그 느낌에 스트라케의 털이 곤두섰다.

"우우!"

하이엘바인은 바짝 곤두선 그녀의 털이 신기했는지 눈을 반짝거리며 손바닥으로 그 끝을 훑었다.

"우와, 부드럽구나! 하하하!"

승강기의 역사에 대해 설명하려 했던 휀은 어이가 없어 말을 그만두었다.

조금 뒤 승강기가 멈췄다. 스트라케의 털이 슬그머니 진정되었다.

승강기의 문이 열리고 하이엘바인의 입도 열렸다.

그녀는 아틀라스의 경우와 마찬가지로 고대의 거인이나 그와 비슷한 생물이 있을 것이라 생각했다. 하나 밖에 있는 것은 대리석으로 만들어진 도시의 폐허였다.

도시의 형태는 괴이했다.

승강기 밖의 공간은 반구형이었는데, 건물들은 바닥에만 있는 것이 아니라 천장 전체에도 쭉 깔려 있었다.

도시를 받치는 지표를 건물이 떨어지지 않도록 곱게 도려 내어 뒤집는 것은 현실적으로 불가능한 일이었으나 하이엘바 인의 눈앞에서는 실제로 펼쳐지고 있었다.

도시는 푸르스름한 빛을 품은 안개에 덮여 있었다.

안개는 꼭 유령들의 집합체처럼 스스로 빛을 냈다.

빛의 양도 적절했다. 덕분에 하이엘바인은 어떤 특별한 힘 을 발휘하지 않고도 도시의 전경을 훑어볼 수 있었다.

"여긴 대체 어딘가? 이곳이 유적인가? 바깥과는 분위기가 완전히 다르군."

그녀가 말한 분위기의 범주에는 '신이 정한 법칙'도 포함 되어 있었다.

"가면서 설명 드리겠습니다."

휀은 도시 한가운데에 위치한 큰 건물을 향해 걸어갔다.

그 건물은 반쯤 파괴된 상태였지만 건물 전체에서 느껴지는 강력한 힘은 하이엘바인의 모든 감각을 강렬하게 자극했다.

"저것은… 신전인가?"

건물의 벽면에는 그녀에게 생소한 글자들로 가득했다. 하지만 글자의 형상과 분위기로 대충 뜻은 이해할 수 있었다.

"도데카테온을 위한 장소?"

"도데카테온은 올림포스 12신을 말합니다."

하이엘바인과 스트라케가 동시에 그를 봤다.

"이곳은 올림포스의 일부입니다. 올림포스 멸망 당시 저 신전을 중심으로 공간이 뒤틀리면서 금고로서 가치가 있는 곳으로 변했습니다."

"그럼 도시에 깔린 이 안개들은 뭔가? 좀 음산하면서도 아름답군. 달짝지근하기도 하네."

"망령들입니다."

눈 더미를 긁듯 안개의 일부를 손으로 훑던 하이엘바인이 우뚝 멈췄다.

"올림포스에 살고 있던 인간과 신족들의 망령들이 압축되고 숙성되면서 다른 물질로 바뀐 것입니다. 드셔도 저는 알 바가 아닙니다만……."

"으, 으음."

'저는'이라는 말에 더욱 자극을 받은 하이엘바인은 얼른

손을 털었다.

신전 안으로 들어가자 강력하면서도 매우 부정적인 힘이 모두를 엄습했다. 힘의 성질은 공포라는 개념에 가까웠다.

하이엘바인과 스트라케는 상당히 불편해했지만 휀의 표정에는 변함이 없었다.

신전 중앙으로 갈수록 그 힘은 더욱 강해졌다. 휀이 신전의 마지막 문을 열자 힘의 근원이 비로소 드러났다.

그것은 흰색의 가죽을 씌운 원형의 방패였다.

방패의 중앙에는 머리카락이 온통 뱀으로 된 여자의 머리가 장식물처럼 붙어 있었다. 하이엘바인은 처음에 그 머리가 단순히 금속으로 만든 물건이라 생각했지만 그 머리통 속에서 풍겨 나오는 힘에는 생기가 넘쳤다.

그 머리의 두 눈은 직사각형의 황금색 철판과 나사로 단단히 봉쇄되어 있었다.

철판에 눌린 피부가 기괴하게 부풀어 하이엘바인의 식욕을 싹 가시게 만들었다.

"이것은 무엇인가?"

"아이기스, 혹은 이지스라고 합니다. 주신계에서는 아이기스로 규정하고 있습니다."

하이엘바인에겐 낯선 이름이었다.

"이것이 아폴론과 아르테미스가 노리던 물건이군."

"그렇습니다."

"이 머리는 진짜인가? 식욕이 싹 사라지네만."

"진짜라 하심은?"

"살아 있는 게 맞느냐는 말일세."

"그렇습니다."

훼은 곧바로 설명을 붙였다.

"메두사라고 하여, 올림포스의 신들에게 희롱당한 존재입니다. 원래 불사신에 가까운 존재였는데, 목이 잘린 뒤 신의 저주로 담금질되었기에 올림포스가 멸망한 지금까지도 살아 있을 수 있었다고 합니다. 물론 방패에 부착되면서 뇌가 제거되어 지성은 없습니다."

식욕이 더욱 사라지는 설명이었다.

"아이기스가 그렇게 능력이 뛰어난 물건인가? 내가 보기엔 가학적인 악취미의 산물 같네만."

"제우스의 창, 지노그와 더불어 올림포스를 대표하는 병기 중의 하나입니다. 절대적인 방어 능력과 기상 제어 능력을 자랑합니다."

"음……."

하이엘바인은 납득할 수 없었다.

"힘은 확실히 강력하긴 하지만 절대적이라는 말을 붙일 정도는 아니군."

"방패에 붙은 메두사의 눈을 아리스톤으로 봉쇄했기 때문입니다."

다시 방패를 본 하이엘바인은 눈을 짓누르고 있는 그 금속판이 순도 높은 아리스톤임을 확인할 수 있었다.

"봉쇄당한 상태로 이 정도란 말인가?"

"그렇습니다."

"허어."

하이엘바인은 경탄하는 한편 여전히 이해를 할 수 없었다.

"하지만 이 물건 하나로 신계를 뒤엎지는 못하지 않는가?"

가볍게 따지는 그녀의 모습에는 약간의 울분이 섞여 있었다.

궁니르로도 최종적으로는 발할라 하나를 방어하는 것이 고작이었다.

궁니르의 창날 아래에 목숨을 잃은 자들의 수는 억 단위였으나 단순한 도살로 아스가르드 신들의 운명을 바꿀 수는 없었다.

오딘의 항복 이후에 이어진 굴욕의 기억은 아직까지도 그녀의 마음 한 구석에 무겁게 자리 잡고 있었다.

"아이기스에게 절대방어를 제공해 주는 힘은 일반적인 결계나 사상의 차단처럼 단순한 것이 아닙니다. 절대의 개념에 가까운 통찰력입니다."

휀이 말했다.

"오, 그렇군. 공격의 성질과 속성을 모두 꿰뚫어볼 수 있다면 그것 역시 강력한 방어라 할 수 있겠지. 하지만 그것만으로는 아폴론의 행동이 이해가 가지 않네. 도대체 왜 이걸 얻으려는 건가?"

"동료를 모으려는 것입니다."

"동료?"

"렘런트와 접촉해 보셨으니 그들이 자아를 찾는 것에 필사적임은 아실 겁니다. 이 아이기스의 통찰력을 사용한다면 대강이나마 짐작할 수 있다고 합니다."

"오오, 그것으로 자신들에게 맞는 자들을 가려내어 동료로 삼는다는 것이군."

"그렇습니다."

"헤라클레스처럼 어떤 계기만 있으면 얼마든지 원래 모습으로 돌아올 수 있겠군. 그들이 이 물건을 탐낼 만한 가치가 충분한 것 같네."

하이엘바인은 지금까지 일을 겪으며 키워왔던 의문을 내밀었다.

"렘런트들 말일세."

"말씀하십시오."

"오직 올림포스의 신이나 신족이었던 자들만 렘런트가 된 건가?"

"확인된 바는 없습니다."

휀의 대답은 역시나 간단하고 애매했다.

하이엘바인은 아스가르드의 관계자들까지 렘런트화가 되지 않았기를 바랐다. 차라리 그냥 소멸했다는 이야기를 듣고 싶은 것이 진심이었다.

그러나 그녀는 알고 있었다.

수많은 아스가르드의 신과 신족들, 특히 자신의 아버지인 토르마저도 유폐 후 '실종' 상태였다.

"이제 이곳이 지켜져야만 하는 당위성에 대해서 충분히 납득하셨을 거라 생각합니다."

"무고한 사람들이 이 위에 있는 이상 당연하지 않나?"

"그 무고한 사람들을 위해서라도 클라라님은 이 도시 밖으로 나가실 수 없습니다."

하이엘바인과 스트라케 모두 놀랐다.

"이유가 뭔가?"

"그분의 역할은 일종의 말뚝입니다."

"말뚝?"

하이엘바인은 자신도 모르게 주먹을 쥐었다.

"클라라님이 이곳에 계시지 않는다면 이 유적과 저 물건을 이곳에 붙잡아둘 수 없습니다."

그의 태도에 하이엘바인의 화가 결국 폭발했다.

"납득할 만한 설명을 하게! 왜 클라라를 물건처럼 취급하는가! 그리고 말뚝이라는 말의 뜻은 뭔가!"

"스트라케님도 불과 며칠 전까지 동일한 입장이셨습니다."

휀의 눈동자가 스트라케 쪽으로 움직였다.

"레플리카의 에너지 공급원. 그것이 저분의 역할이었습니다."

그 말을 듣는 순간 하이엘바인의 눈이 적을 대하듯 싸늘해졌다.

"주신계가 한 짓이라고?"

"레플리카는 주신계 외에는 다루지 못합니다."

"그들이 왜 그런 짓을 한 건가!"

"하이엘바인님께는 접근 권한이 없는 정보입니다."

휀은 대답을 하며 왼손을 앞으로 내밀었다. 하이엘바인의 주먹이 단 한 점의 장난 없이 그의 손바닥을 때렸다.

휀이 밟고 있는 대리석 바닥과 그의 뒤편에 위치한 벽이 충격에 갈라졌다. 휀 역시 눈썹을 꿈틀했다.

'손뼈가…….'

부러졌다.

물론 전력을 다해 막았다면 문제가 없었을 것이다.

그러나 그녀의 힘이 거의 바닥 수준이기에 아무 힘도 발휘하지 않고 그냥 막으려 했던 것은 그답지 않은 방심이었다.

황금색이 된 하이엘바인의 눈동자가 지하 공간의 어둠 속에서 무섭게 빛을 냈다.

"나를 누구라고 생각하는 건가?"

해볼 테면 해보자는 얼굴이었다. 옆에 있는 스트라케도 하이엘바인을 위해 목숨을 버릴 각오를 적나라하게 드러내고 있었다.

휀은 부러진 손등을 복구시키며 말했다.

"말씀드릴 수 있는 부분만 말씀드리겠습니다."

"그리하게."

휀은 아이기스를 봤다.

"현재의 신계 밑에서 태어나고 살아가는 자들은 옛 신들이나 신족을 죽일 수는 있지만 일정 시간 이상 억누르는 것은 불가능합니다. 똑같은 화염 계열의 신이라 해도 힘의 구조가 다르기 때문에 약한 쪽이 강한 쪽에게 흡수되거나 둘 다 소멸할 수 있습니다."

뚜둑 하는 소리가 휀의 왼손에서 아주 크게 터져 나왔다. 부러졌던 뼈가 다시 맞춰진 것이다.

그는 손을 움직여 보며 이야기를 계속했다.

"하지만 아스가르드의 존재가 올림포스의 존재를, 반대로 올림포스의 존재가 아스가르드의 존재를 영구적으로 억누르는 것은 가능합니다. 두 힘은 서로를 밀어내기만 할 뿐이기 때문입니다."

"그래서 스트라케와 클라라를 주신계 멋대로 이용한 것인가?"

하이엘바인의 눈초리는 여전히 살기등등했다.

"이용한 것은 사실이지만 명확한 방법을 제시해 준 자는 따로 있습니다."

"그게 누군가?"

"저도 들은 바는 없습니다."

화가 끝까지 나 있는 하이엘바인에겐 그저 변명 같지 않은 변명으로 들렸다. 그러나 이성을 잃고 다짜고짜 따지진 않았다.

그녀는 전우들의 문제가 거론되는 상황에서 농담을 하거나 정신을 빼놓을 만큼 어리석은 자는 아니었다.

"그럼 클라라와 스트라케는 끝까지 이 모습으로 지내야 한단 말인가?"

"아틀라스는 소멸됐고 아이기스는 가까운 시기에 주신계로 이동하거나 파괴될 예정입니다. 각 신계와의 관계상 파괴될 가능성이 높습니다. 클라라님은 그때가 되면 이 '일'에서 해방되실 겁니다."

"그 말을 나보고 믿으라는 건가?"

그녀가 스트라케를 가리켰다.

"아틀라스가 사라졌으니 이 아이도 원래대로 되돌아와야 하지 않는가? 왜 계속 울프헤딘 상태인가?"

"그 부분은 제가 책임지고 알아보겠습니다."

빈말처럼 들리진 않았지만 하이엘바인과 스트라케는 그를 믿을 수가 없었다.

여태까지 그가 한 행동과 말만 따졌을 때 그는 인정사정없는, 오로지 결과만을 중시하는 남자였다. 책임을 지겠다는 말조차 별로 어울리지 않았다.

'애당초 책임지겠다는 사람의 표정이 아니지 않는가?'

이것은 전쟁의 패배가 불러온 굴욕의 연장선일 것이다. 하이엘바인은 속에서 끓고 있는 분노와 서글픔을 가라앉혔다.

방법은 따로 없었다. 눈을 있는 힘껏 감는 것이었다.

*   *   *

아폴로니우스.

아니, 올림포스의 신 아폴론은 망토처럼 펄럭이는 우윳빛의 옷, 히마티온을 걸친 채 동굴 속 은신처 내의 회의장으로 들어갔다.

원형 회의장의 북쪽 벽면 아래에 놓인 그의 자리는 대리석을 정교하게 조각하여 만든 석재 의자였다.

몸에 닿는 부분을 제외하고는 온갖 동물과 식물을 양각으로 새겨 치장한 그 의자는 회의장 내에서 그나마 볼품이 있는 물건이었다.

회의장을 빙 둘러싼 계단식 자리에는 아폴론과 비슷한 복장을 입은 남녀들이 잔뜩 모여 앉아 있었다.

그들의 용모는 모두 아름다웠으나 대다수는 조각상처럼 몸에 각진 부분이 있을뿐더러 생기도 없었다.

아폴론의 앞쪽에는 긴 탁자가 있었고 탁자의 좌우 끝에는 두 개의 자리가 마주 놓여 있었다.

두 자리 중 한 자리는 비어 있었고 나머지 한 자리는 아폴론보다 짙은 금발을 가진 여성이 차지했다.

중년이라고 하기엔 아주 조금 젊은 그녀는 하늘색의 히마티온으로 풍만하고 육감적인 몸을 가리고 있었다.

밧줄처럼 짜서 위쪽으로 높게 세운 머리카락과 턱을 든 채 아폴론을 내려다보는 냉혹한 눈빛, 그리고 그에 대해 아무 말도 하지 않는 아폴론의 태도가 그녀의 위치를 간접적으로 말해주었다.

"실패하셨다고 들었습니다."

그녀가 말했다.

아폴론이 침묵으로 난색을 표하자 그녀는 계속해서 몰아붙였다.

"아르테미스는 부상당하고 히드라는 겨우 복구가 가능할 정도로 손상당했다지요? 물론 가벼운 일입니다. 헤파이스토스의 손재주라면 시간만 조금 걸릴 뿐, 언제든지 치료하고 고칠 수 있으니까요. 하지만 반역자 하이볼크와 그 졸개들의 눈을 속이겠다는 아폴론님의 계획은 어찌 된 겁니까?"

아폴론은 아픈 사람처럼 얼굴을 찡그렸다.

"헤라님, 그것은……."

"어머님이라고 하세요!"

그녀의 고함에 회의장이 조용해졌다.

"저를 어머님이라고 부르겠다고 선언한 분은 당신입니다! 스스로의 선언을 깰 생각입니까?"

"소, 송구합니다."

눈을 감은 아폴론의 입술이 파르르 떨렸다. 태양신이라는 그의 다른 이름이 무색할 정도로 유약한 모습이었다.

아폴론은 헤라에게 유독 약했다. 헤라가 언성을 높이면 마치 조건반사를 하듯 위엄을 잃고 움츠러들었다.

헤라는 남편, 제우스가 무수히 만든 서자들을 증오했다. 남편과 관계한 여성들에겐 박해와 시련, 저주를 내렸고 자식들에게도 분노를 퍼부었다.

아폴론과 아르테미스는 가장 심한 증오의 대상으로서 세상에 태어나는 것조차도 어려웠다.

그 둘이, 특히 아폴론이 제우스의 다음가는 권력을 갖게 될 것이라는 예언 때문이었다.

아폴론에게 있어서 헤라는 원수나 다름없었다.

하지만 그가 태어난 이후 사흘이 지난 날, 헤라는 누구보다 먼저 아폴론의 탄생을 제우스에게 알렸다. 더불어 자신의 명령을 받아 아폴론의 출생을 방해하던 가이아의 자식, 퓌톤을 죽일 수 있는 강력한 활과 그의 땅에 대한 소유권을 아폴론에게 선물로 주었다.

자신의 출생을 방해한 흑막이 헤라라는 사실을 전혀 몰랐던 아폴론은 퓌톤을 죽이고 그의 땅을 차지해 '델포이'라는 이름을 즐겁게 붙였다.

그 이후 헤라와 만난 아폴론은 자신을 친절하게 돌봐주는 헤라를 또 다른 어머니로 삼겠다고 올림포스에 선언했다.

하지만 그는 어른이 되기 전, 자신의 출생을 도왔던 여신 '이리스'를 통해 헤라의 비밀을 알게 됐다.

깊은 상처를 받은 아폴론은 헤라를 극도로 증오했으나 막상 헤라 앞에서는 어린아이처럼 겁에 질려 반항을 못하는 정신이상 증세를 보였다.

그는 헤라의 말을 결코 어길 수 없었고 싫은 소리도 하지 못했다.

계획대로 아폴론의 통제권을 가진 헤라는 이후 큰일이 있을 때마다 아폴론을 사용했다.

온갖 심부름에 견디다 못한 아폴론은 다른 이를 통해 간접적으로 저항을 하기도 했지만 직접적으로 한 일은 단 한 번도 없었다.

그것은 올림포스가 사라진 지금도 여전했다.

"방해를 한 자는 하데스가 부리던 노예 검투사 출신이라고 하더군요."

"그렇습니다."

"호오, 그게 자랑입니까?"

아폴론이 답하자 헤라가 차갑게 웃었다.

"어리석고 조잡한 그 계획을 여태껏 지켜본 보람이 없군요. 실패하신 이상 약속대로 말씀을 해주셔야겠습니다. 당신과 아르테미스가 그 리즈라는 인간을 왜 그토록 살려두려 했는지 말입니다."

청문회 분위기였다. 아폴론은 굴욕감을 느꼈다.

'증오와 질투로 뭉쳐진 암컷 같으니!'

아폴론은 마음속으로 저주를 퍼부었다. 하지만 딱 거기까지였다.

약속은 약속이었기에 아폴론은 한숨을 쉬며 입을 열었다.

"리즈 스타인은 흥미로운 힘을 가진 인간입니다."

"어떤 힘이지요?"

"그는 아스가르드의 주신, 오딘의 한쪽 눈을 갖고 있습니다. 그전까지는 눈이 갖고 있는 힘의 성질을 파악할 수 없었지만 하이엘바인과 만나면서 확인할 수 있었습니다."

"아스가르드라……."

헤라의 눈빛이 더욱 독해졌다.

"헤르메스가 토르라는 이름의 신과 교류를 하면서 그쪽에 대해 많은 정보를 가져왔지요. 그의 보고가 떠오르는군요."

아폴론은 그것이 헤르메스 스스로 내놓은 보고가 아니라 헤라의 고문에 의한 자백임을 알고 있었다. 헤르메스 역시 헤라가 증오하는 제우스의 서자 중 한 명이었다.

"오딘의 한쪽 눈이 우리 일에 얼마나 도움이 될는지요?"

헤라가 물었다.

"힘의 성질과 적용되는 법칙이 완전히 다른 탓에 우리가 직접 이용할 수는 없지만 그릇만 잘 찾는다면 우리가 보물들을 되찾는 것에 큰 도움이 될 겁니다. 그리고 리즈 스타인은 좋은 그릇입니다."

"그렇다면 일찌감치 그 인간을 수중에 넣으셨어야지요! 인간 따위를 다루는 것은 지금 우리의 몸이라 해도 간단하지 않습니까?"

"……."

"대답하십시오!"

헤라의 재촉은 채찍과도 같았다.

"저와 아르테미스가 그에게 흥미를 느꼈습니다. 어머님께서도 아시다시피 신과 관련된 물건이 인간과 엮이기 위해서는 우연보다는 '필연'이 필요합니다. 저와 아르테미스는 오딘의 눈이 왜 하필 리즈와 엮였는지 궁금했습니다."

"그 외의 문제는 없습니까? 제우스처럼 정욕에 이끌리셨을 가능성은요?"

"없습니다."

아폴론은 단호했다.

"좋습니다. 어느 정도 일리는 있군요. 그렇다면 하이엘바인이라는 존재에 대해 이야기를 해봅시다."

그 이름에 회의장의 분위기가 조금 변했다.

"제가 알고 있는 정보가 빈약하긴 하지만 아스가르드의 하이엘바인은 옛 올림포스의 헤라클레스와 비견될 정도로 강력한 영웅이라 합니다. 대체 그런 존재가 왜 이 세계에 있는 겁니까? 그리고 아폴론님과 아르테미스는 어째서 그 중요한 이야기를 저와 우리 멤버들에게 전하지 않으셨던 겁니까?"

"불과 며칠 사이에 벌어진 이야기입니다."

"며칠이요? 아폴론님께선 히드라를 데려가실 때 저와 만나셨던 걸로 기억합니다만?"

"……."

"하! 대단하시군요!"

헤라가 목소리를 높였다.

"헤라클레스를 우리 네오 올림포스로, 그것도 우리와 달리 멀쩡한 몸을 가진 존재로서 들일 수 있게 됐다며 자랑하셨던 분이 이제는 벙어리가 되신 겁니까? 조금이라도 말씀을 해보십시오!"

"이번에 성공할 거라 생각했습니다."

아폴론은 심리적으로 궁지에 몰린 상태에서 설명했다.

"뜻한 상황은 아니었지만 하이볼크의 하수인을 제가 직접 저격했고 하이엘바인은 정보원이 전한 그대로 힘이 빠져 있었습니다."

"그런데도 실패했다면 아폴론님께서 방심하셨다는 말씀이군요?"

"…그렇습니다."

"부끄럽군요! 엉망입니다! 태양신께서 저지른 이 찬란한 실패를 어떻게 받아들여야 할지 모르겠습니다!"

자존심이 짓밟힌 아폴론은 한시라도 빨리 그녀의 목소리로부터 벗어나고 싶었다.

하나 단지 지금에 한정된 마음일 뿐, 그녀를 제거한다든지 다른 어떤 방식을 통해 지배한다는 패륜적인 생각까진 하지 못했다.

회의장에 자리한 네오 올림포스, 이른바 '새로운 올림포스'의 구성원들은 자신들의 우두머리가 보여주는 그 이상한 모습을 가만히 지켜봤다.

비웃는 자도, 이야깃거리로 삼으려는 자도 없었다.

그들 모두는 아폴론과 헤라의 관계에 익숙할 대로 익숙했다.

자리에서 일어난 헤라는 아폴론을 등진 채 회의장을 둘러봤다.

"여러분! 오랜 시간 힘겹게 찾은 우리의 보물이 눈앞에 있지만 상황은 더욱 나빠졌습니다! 아폴론님의 실패와 아르테미스의 부상! 그리고 히드라의 손상! 이 중대한 불행을 해결하고 보물을 되찾아올 자가 있다면 어서 나와서 힘이 되어주십시오!"

그러자 계단식 자리의 앞줄에 앉아 있던 남자가 힘차게 일어나 헤라와 아폴론 앞으로 나왔다.

"저에게 기회를."

그는 회의장 내에서도 갑옷과 투구를 쓰고 있었다.

황색 술이 달린 투구와 갑옷은 검은색이었지만 아주 연한 청색을 품고 있기도 했다.

허리에는 아르테미스가 쓰던 것과 비슷한 형태의 검을 찼고 등에는 둥근 방패를 매고 있었다.

높은 산의 문양이 가운데에 새겨진 방패의 모습은 전체적으로 봤을 때 무기라기보다는 예술품에 가까웠지만 조금만 자세히 보면 수없이 새겨진 전쟁의 흔적으로 인해 난잡하기 그지없었다.

방패뿐만 아니라 그의 갑옷도 마찬가지였다. 하나 피부만큼은 갓 태어난 아기의 속살처럼 솜털이 보송보송하고 깨끗했다.

헤라는 그의 모습을 보고 만족스러워했다.

"영웅, 아킬레우스."

헤라의 말대로 아킬레우스는 헤라클레스와 더불어 올림포스가 자랑하는 영웅 중 한 명이었다.

웅장한 육체의 헤라클레스와 달리 아킬레우스는 보통 키에 적당한 몸이었다. 그러나 싸움에 대한 천부적인 감각과 전쟁, 그리고 전투에 대한 경험은 헤라클레스 이상이었다.

헤라클레스는 모험을 하며 싸움을 익혔다. 반대로 아킬레우스는 전쟁터에서 싸움을 익혔다. 달리기는 신들이 감탄할 정도로 빨랐다.

하지만 아폴론은 그가 탐탁지 않았다.

물론 실력까지 무시하는 것은 아니었다. 단순히 남자로서 그와 풀지 못한 앙금이 조금 남아 있을 뿐이었다.

헤라가 모든 이들을 다시 보며 두 팔을 벌렸다.

"아킬레우스가 지원했습니다. 반대 의견이 있습니까?"

회의장 구석구석에서 소리가 들렸다. 반대의 의견이 아니라 아킬레우스를 지지하는 박수 소리였다.

헤라가 아폴론 쪽으로 돌아섰다.

"아폴론님께선 어찌 생각하십니까?"

아폴론이 자리에서 일어났다.

"아킬레우스여."

"아폴론님."

아폴론의 부름에 아킬레우스가 정중히 대답했다.

"그 도시에는 하이볼크의 하수인이 있다네. 그것도 신을 탄핵하는 기술의 사용자라네. 자신있겠나?"

"저는 아킬레우스입니다."

대단한 자신감이었다.

헤라의 말에 따라 나선 이상 그의 출진은 결정된 사항이었다. 아폴론은 주저없이 손을 내밀었다.

"출진을 허가하네, 아킬레우스. 오크와 트롤, 그리고 설인들을 마음껏 가져가게."

허락을 받은 아킬레우스는 땅에 오른쪽 무릎을 댔다.

"아폴론님께서 가실 길을 반드시 확보하겠습니다."

"건투를 비네."

아킬레우스는 곧바로 일어나 회의장을 빠져나갔다.

올림포스에서 손꼽히는 달리기 능력의 소유자답게 잘 단련된 다리 근육이 한 걸음 걸을 때마다 탄력있게 꿈틀거렸다.

헤라의 표정이 다시 독해졌다.

"신을 탄핵하는 기술의 사용자는 또 무엇입니까? 그 붉은 장발의 사내가 그런 능력도 갖고 있었습니까?"

"또 다른 하이볼크의 하수인이 나타났습니다."

헤라는 아랫입술의 왼쪽을 깨물었다.

"참으로 빨리 말씀해 주시는군요."

"아직 피로가 가시지 않았습니다."

그가 이마에 손을 댔다.

"조금 쉬고 싶습니다. 회의는 어머님께서 계속 주관해 주십시오."

"알겠습니다, 아폴론님. 편히 쉬십시오."

아폴론은 묵묵히 회의장을 빠져나갔다. 헤라는 그 모습을 대놓고 노려봤다.

헤라의 눈총을 받으며 나온 아폴론은 동굴을 터벅터벅 걸어갔다.

어여쁜 얼굴의 소년 시종들이 급히 그를 따랐으나 그는 고개를 젓는 것으로 그들을 거부했다.

"혼자 가고 싶구나."

"예, 아폴론님."

소년들은 하나같이 심란한 얼굴로 아폴론의 뒷모습을 봤다.

숙소의 반대 방향으로 터벅터벅 걸은 그가 도착한 곳은 깨진 돌과 청동의 냄새가 생생한 작업장이었다.

그 작업장의 화로 앞에는 볼품없는 몸매의 남자가 앉아 있었다.

수염이 두꺼운 얼굴은 반쯤 썩은 과일처럼 쭈글쭈글했고 왼쪽 다리에는 강철의 의족이 달려 절그럭거렸다.

불편한 몸의 그를 돕는 것은 외눈박이 거인들이었다.

인간으로 치자면 이마가 있을 자리에 눈이 달린 그 거인들은 아폴론의 두 배 가까운 키와 몇 배에 달하는 몸집을 자랑했다.

의족의 남자는 아폴론이 작업장의 문을 열고 들어오자 그가 올 줄 알았다는 듯 빙긋 웃으며 오른손을 들었다.

그의 손에는 포도주가 든 병이 들려 있었다. 술병을 흔드는 그의 미소는 못생긴 외모와는 별도로 정감이 넘쳤다.

"어서 오시게, 형제."

그의 환영에 아폴론이 마주 웃었다.

"헤파이스토스."

외눈박이 거인들이 돌아서서 아폴론에게 인사했다. 아폴론은 개의치 말고 일하라는 듯 그들에게 손을 흔들어주었다.

작은 나무 탁자를 사이에 두고 헤파이스토스와 마주 앉은 아폴론은 이복형제가 은으로 된 잔에 따라준 포도주를 조금 마신 뒤 숨을 내쉬었다.

헤파이스토스의 귀에는 그 숨소리가 절규처럼 느껴졌다.

"어머님께서 또 자네를 괴롭혔군."

"이런 일로만 자네를 찾아와서 미안하네."

아폴론은 힘겹게 웃었다.

헤파이스토스가 잔을 들었다.

"형제를 자주 볼 수 있게 해주신 어머님께 건배! …이건 좀 아니려나?"

"후후후."

아폴론은 그와 잔을 마주쳤다.

"아르테미스의 몸은 어떤가?"

질문을 받은 헤파이스토스는 아폴론이 오기 직전까지 만지고 있던 물건을 돌아봤다. 그것은 아르테미스와 똑같이 생긴 석상이었다.

석상은 이곳저곳이 흉하게 갈라져 있었다.

"신의 힘이 들어간 판테온 신전의 대리석을 저렇게까지 엉망으로 만들다니, 대체 무슨 괴물과 싸운 건가?"

"디아볼리우스라는 사내를 기억하나?"

"디아볼리우스?"

"하데스가 데리고 있던 젊은 검투사 말일세. 붉은 피부에 뿔이 세 개 달린……."

"아, 아아."

그를 기억해 낸 헤파이스토스가 눈을 번쩍 떴다.

"아? 무슨 말인가? 디아볼리우스가 어떻게……?"

"자세한 정황은 모르겠지만 왕이 되었다는군. 지금은 디아블로라는 이름을 쓴다네. 정보원에게 물어봐야겠네만 힘이 대단했지."

"으음……."

아폴론은 포도주를 한 모금 더 마셨다.

"우려가 현실이 되고 있네. 하이볼크와 그 하수인들의 힘이 우리의 예상보다 더 강하다네. 전에 내가 말한 그 붉은 장발의 남자는 내 화살로부터 치명상을 피하기까지 했지."

"믿을 수가 없군!"

"한시라도 빨리 원래의 육체를 되찾아야 할 것 같네. 그들이 우리의 위치를 알고 공격에 나선다면 우리는 파멸을 피할 수 없네."

이복형제의 걱정에 헤파이스토스 역시 술잔을 기울였다.

"정말 괜찮겠나?"

"무엇이 말인가?"

"난 하데스의 밑에서 기억을 잃고 일만 하고 있었네. 그런데 누군가가 나에게 기억을 되돌려주고 폐허의 밑바닥에 처박힌 판테온 신전을 이용해 자네들을 불러들일 수 있는 방법까지 가르쳐 주었네."

"……."

"그는 대체 누구고 목적은 또 무엇이란 말인가?"

그것은 술이 헤파이스토스의 혀끝에만 닿아도 나오는 질문이었다.

"여태까지의 일을 따져 봤을 때, 우리는 렘런트들이 활동할 때와 거의 비슷한 시기에 의식을 갖게 됐네. 하지만 렘런트들에겐 아무런 지원도 없었고 우리는 본래의 몸에 가까운 것을 얻어 돌아다닐 수 있었지. 그리고 여태껏 비밀스럽게 지낼 수 있었네."

"그래, 평화롭고 지루한 시간이었지."

헤파이스토스는 형제의 빈 잔을 채워주었다.

"걱정일세. 우리들이 목적을 이루고 본래의 몸을 되찾는다 해도 불리한 싸움을 해야 할 것이야. 적은 많고 우리는 직지. 또한 우리에게 계기를 준 그자가 과연 한없이 친절한 자인지도 의문이네. 그는 언젠가는 우리에게 준 것 이상의 뭔가를 얻어가려 할 게야."

"상관없네."

술을 단숨에 마신 아폴론은 만족스럽게 웃었다.

"자네는 꽃이 왜 향기를 가지는지 아는가? 의미있는 마지막을 위해서라네."

"······."

"올림포스가 찬란했던 시절, 모든 것을 가질 수 있고 영원할 수 있었던 우리에게는 모든 것이 무의미했네. 우리와 비슷한 모습을 가진 인간들을 지켜보며 대리만족을 얻을 뿐이었지. 그래서 난 자네가 부러웠네. 자네는 항상 뭔가를 만들고 꾸미며 자신의 존재 의미를 즐겼으니까."

"과찬일세."

헤파이스토스는 고개를 저었다.

"과찬이 아닐세. 자네는 위대한 신일세."

형제의 칭찬에도 불구하고 헤파이스토스의 우울한 분위기는 나아지지 않았다.

"나는 최근 들어 내가 살아 있다는 것을 느낀다네. 이 은신처를 찾고, 만들고, 꾸미면서 보람이라는 것을 느꼈다네. 썩지 않고 남아 있는 히드라의 몸을 발견했을 때는 행복하기까지 했지."

"그렇게 생각한다니 나도 기쁘군. 하지만 형제여, 자네는 훨씬 더 큰 일을 해내야 하네."

"알고 있네."

아폴론은 다시 술잔을 비웠다.

"우리에겐 지금보다 더 많은 영웅과 신이 필요하네. 그러기 위해서는 그 도시에 있는 보물이 반드시 우리 손에 들어와야 하네. 아킬레우스가 그 과업을 이루어내면 좋겠군."

"아킬레우스가 출전하나?"

"그렇다네. 그의 무기와 갑옷, 방패는 문제가 없겠나?"

아폴론이 묻자 헤파이스토스가 빙긋 웃었다.

"그의 소지품들은 하이볼크의 반란이 일어나기 전에 쓰던 것과 동일한 물건일세. 능력만큼은 내 이름을 걸고 보장할 수 있네."

물론 아폴론도 그의 실력을 믿고 있었다. 헤파이스토스의 뛰어난 기술이 아니었다면 네오 올림포스가 신계의 추적과 정보망을 피하고 세력을 확장하는 것은 불가능했다.

"하지만 상대가 좀 걱정일세. 그가 십중팔구 신을 탄핵하는 기술의 사용자와 맞붙을 것 같아서 말이네."

아폴론이 걱정하자 헤파이스토스가 우스꽝스러운 표정으로 의아해했다.

"신을 탄핵하는 기술의 사용자? 이름의 길이만큼이나 불길한 자로군."

"이름은 듣지 못했네만 하이볼크의 하수인이 분명하네. 또한 나와 마찬가지로 빛의 힘을 갖고 있는 남자였지. 내가 보는 앞에서 내 화살을 분해하고 흡수하는 폭거를 저질렀다네."

"허어, 그런……!"

헤파이스토스는 외눈박이 거인들에게 포도주를 더 가져오라는 손짓을 했다. 거인 중 한 명이 작업장 구석구석을 뒤지는 동안 헤파이스토스는 아폴론이 말한 그 '적'에 대해 생각해 봤다.

"아무래도 아킬레우스를 만나야겠네. 그는 분명 용맹하고 강력하지만 신이 아니라 영웅의 범주에 속하는 자일세. 좋은 갑옷과 방패 없이는 마법이나 신통력에 대응할 수 없지. 상대가 자네의 화살을 그렇게 할 정도의 능력자라면 아킬레우스의 방패와 갑옷으로는 분명 문제가 생길 것이네."

"뭔가 방법이 있겠나?"

"당장 더 좋은 무장을 만들어줄 수는 없지만 만져 줄 수는 있지. 마침 좋은 생각이 떠올랐네. 그를 불러주게."

"그럼 믿어보겠네, 형제여."

아폴론이 박수를 쳤다.

"들어오너라."

작업장의 출입구를 열고 그의 시종들이 들어왔다. 아폴론의 명령을 어기고 작업장 밖에 대기하고 있던 그 소년들은 주인의 눈치를 심하게 봤다.

올림포스가 멸망하기 전에 아폴론에게 매료되어 시종이 된 소년들은 지금까지도 자나깨나 오직 아폴론만을 생각하는 가련한 존재들이었다.

첩자가 될 만한 능력과 의지 모두 없기 때문에 아폴론은 안심하고 그들을 상대했다.

"아킬레우스를 데려오너라."

"아, 아킬레우스를 말입니까?"

소년들은 아폴론과 아킬레우스 사이에 존재하는 앙금을 알고 있었다.

"헤파이스토스가 선물을 주려 한다고 말하면 바로 올 것이다."

"알겠습니다, 아폴론님."

소년들이 곧바로 작업장을 빠져나갔다.

"기대되는군."

"동감일세. 용맹한 아킬레우스의 출진은 모든 이들을 흥분시키지."

거인이 새로운 포도주를 가져왔다. 아폴론이 헤파이스토스와 자신의 잔을 차례로 채웠다.

둘이 술잔을 들었다.

"네오 올림포스를 위해! 아킬레우스를 위해!"

둘은 장쾌하게 턱을 젖히며 술잔을 비웠다.

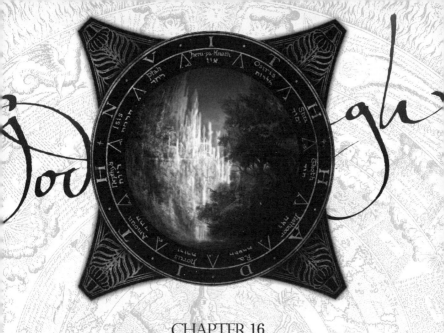

CHAPTER 16
준족의 사내

저택으로 돌아온 하이엘바인은 해가 질 때까지 식당에서
음식만 먹어댔다.

　처음에 빵 몇 개만 툭툭 던져 주던 케롤은 누군가와 목숨을
걸고 싸우는 기세로, 그것도 큰 식당 안에서 혼자 음식을 먹
어치우는 그녀의 모습에 엄청난 부담을 느꼈다.

　"하, 하이엘바인님? 화가 많이 나신 것 같네요?"

　"흠."

　그녀는 케롤이 가져온 고깃덩어리 요리를 흘끔 봤다.

　"그걸 주려고 온 게 아니라면 가서 볼일이나 보게."

"당연히 드려야죠! 당연히!"

케롤은 즉시 요리를 내려놨다.

포크와 나이프를 들던 하이엘바인은 코앞에서 좋은 향기를 내뿜는 그 요리를 가만히 보다가 다시 케롤 쪽을 돌아봤다.

"궁금해서 그러네만."

"예?"

도망치듯 식당을 빠져나가던 케롤이 멈칫했다.

"이 세계에서 가장 영양이 풍부한 음식이 무엇인가? 고기 중에서 말일세."

그녀가 진지하게 묻자 케롤 역시 진지하게 응했다.

"그렇게 배가 고프신가요?"

그가 뿔테안경을 손으로 눌렀다.

"그게 아닐세. 힘을 더 빨리 보충하고 싶어서 그렇다네."

마침 루이체와 함께 식당으로 들어오던 리오는 그 말을 듣고 복잡한 표정이 되었다.

그가 들어온 것을 모르는 케롤은 잠시 생각 후 오른팔을 창밖으로 뻗었다.

"이 세계에 한정짓는다면 바로 가까운 곳에 있지요."

붉은색 턱시도 밖으로 이어진 흰 장갑은 뒷마당을 가리켰다. 뒷마당에는 쑤밍이 스트라케가 보는 앞에서 열심히 검을 휘두르고 있었다.

하이엘바인은 그가 무슨 소리를 하는지 얼른 이해하지 못
했다.

"무슨 말인가?"

"용족 말이에요. 용족의 피와 고기는 매우 특별해서 인간
의 모습을 하고 있을 때 잡아먹으면 같은 부피의 쇠고기에 비
해 수백 배에 달하는 영양분을 얻을 수 있죠. 인간의 형태는
드래곤 형태의 거대한 육질을 압축하고 있거든요. 흥미있으
신가요?"

"……."

하이엘바인의 눈빛을 본 리오가 움찔했다.

'흥미를 느끼셨어!'

그가 당황하는 가운데 하이엘바인이 고개를 마구 저었다.

"아, 아닐세! 쑤밍은 소중한 전우일세!"

그녀의 반응에 케롤의 악마적인 본능이 꿈틀거렸다.

"그럼 저 아이 말고 다른 아이는 어떠신가요? 제가 주신계
도, 용족도 모르게 고기를 구해다 드릴 수 있는데 말이죠."

"……."

"하이엘바인님은 큰일을 하실 분이잖아요. 디아블로님께
서도 하이엘바인님을 위해 명예를 바치셨는데 제가 그 정도
는 해드려야죠."

그가 달콤한 목소리로 하이엘바인을 꼬드겼다.

"어이, 장난치지 마."

"윽!"

리오가 들어와 있음을 뒤늦게 깨달은 둘은 소스라치게 놀랐다.

그는 루이체의 부축을 받아 하이엘바인 앞으로 갔다.

"자리에 앉아도 되겠습니까?"

"아, 그러게."

천천히 자리에 앉은 그는 난감한 얼굴로 우두커니 서 있는 케롤을 쳐다봤다.

"용족 얘기는 뭐야?"

"보, 보양식이라는 건 사실이잖아요?"

"내 앞에서 그런 일이 벌어졌다가는 큰일이 난다고. 누구 미치는 꼴 보고 싶어?"

"리오님이 미치는 모습? 호오, 그것도 꽤나 흥미롭겠군요!"

케롤이 즐겁게 웃었다. 루이체는 뭔가 제대로 된 악마가 눈앞에 있다고 생각했다.

하이엘바인은 뒷마당을, 정확히는 쑤밍을 계속 보고 있었다.

"보양식이 맞나 보군."

하이엘바인이 반쯤 정신 나간 얼굴로 말하자 모두가 경악했다. 반쯤 장난으로 말을 꺼냈던 케롤까지도 입가를 손으로 가린 채 당혹스러워했다.

"진정하십시오."

리오가 타이르듯 말했다. 움찔한 하이엘바인은 어찌할 바를 모르다가 이내 뻔뻔하게 웃었다.

"장난인 것이 당연하지 않나? 과민반응을 보이는군. 우하하하."

그것은 리오가 여태까지 목격한 그녀의 모습들 가운데 가장 추했다.

리오는 어떻게든 상황을 수습하라는 눈초리를 케롤에게 보냈다.

"뭐, 뭔가 좀 드실 것을 가져올까요?"

"좋지. 여기에 무리없도록 조금만."

그가 부상당한 가슴을 두드렸다.

"너무 많이 먹으면 상처가 벌어질 것 같아."

"웃훙, 적당하게 맞춰 드릴게요."

즐겁게 웃은 케롤이 검은색 연기로 변해 주방 쪽으로 사라졌다.

리오는 하이엘바인이 먹고 있는 고기 요리를 세심하게 살펴봤다.

'별것 아닌 재료로 꽤 잘 만들었잖아? 불의 조절도 잘됐어.'

그는 문득 요리의 불 조절 수준까지 알아보는 자신이 민망했다.

한편으로는 이번 일 내내 이어질 것 같던 식사 당번에서 벗어날 수 있을지도 모른다는 생각을 해봤다.

'루이체도 녀석의 실력은 인정했으니 한번 데리고 다녀볼까? 멋대로 나온 악마가 아니라 소환된 악마이니 시비 걸릴 일도 없겠지. 나쁘진 않을 것 같군.'

리오는 고기의 절반을 벌써 해치운 하이엘바인을 봤다.

입가에 소스를 잔뜩 묻히고 먹는 모습이 상당히 야만스러웠다. 그러나 그녀가 맨손으로 소의 뒷다리 뼈를 붙잡고 그 위에 붙은 거대한 살코기를 뜯는 모습까지 봤던 리오는 그러려니 할 뿐이었다.

"하이엘바인님."

리오가 그녀를 불렀다.

"음. 얘기하게."

"무슨 일이라도 있으셨습니까? 안색이……."

"있었다네."

하이엘바인은 대답하자마자 고기를 입에 넣고 거칠게 씹었다.

그녀가 너무 솔직하게 나오자 리오는 조금 당황했지만 대신 부담감을 털어낼 수 있었다.

"휀과 관련된 일입니까?"

"휀 라디언트는 일단 같은 편에서 일하는 사이이니 어찌 극복할 수 있지만 클라라와 스트라케의 일, 그리고 올림포스의 옛 신들의 문제는 그렇지 않잖나? 내 손으로 어떻게 할 수 있는 일이 아무것도 없다는 사실에 매우 화가 나는군."

리오에겐 의외의 대답이었다.

"휀이 특별한 말은 하지 않았습니까?"

"지시라는 둥, 모르겠다는 둥, 듣지 못했다는 둥, 미운 말만 골라서 하더군!"

"그 밖에는 없었나요?"

루이체도 의아해했다.

"응?"

하이엘바인은 리오와 루이체가 서로를 보며 고개를 갸웃거리는 모습이 이상했다.

"다른 말이 나와야 하는가?"

"음……."

리오는 굳이 얘기를 꺼내야 하나 싶었지만 앞서 말이 나온 이상 어쩔 수 없었다.

"제가 아는 휀이라면 그냥 발할라로 귀환하시라는 말을 했을 겁니다. 하이엘바인님의 몸 상태를 생각해서 말입니다."

"뭐라고? 누구 마음대로!"

"그는 그럴 만한 권한을 갖고 있지요."

"더럽고 치사하군!"

포크와 나이프를 쥔 하이엘바인의 손에 힘이 들어갔다.

루이체는 그녀의 손아귀 안에서 찰흙처럼 뭉개지는 물건들을 보고 난감해했다.

리오도 그녀가 걱정됐지만 거기서 말을 중단할 수는 없었다.

"물론 그 얘기가 나오지 않았다는 것은 하이엘바인님께서 하실 수 있는 일이 분명히 있다는 겁니다. 니블헤임으로 가라는 것도 하이엘바인님과 관련이 있을 수 있겠지요."

"음⋯⋯."

마침 말이 나온 김에 리오는 니블헤임에 대해 묻기로 했다.

"혹시 니블헤임이라는 도시에 대해 알고 계십니까? 아침에 그 이름을 듣자마자 안색이 안 좋아지셨습니다만."

"그렇지."

하이엘바인은 이야기에 앞서 조금 남은 고기들을 모두 먹었다. 손가락 모양을 따라 구불구불해진 식기들의 모습이 리오에게는 왠지 웃기면서도 안쓰러웠다.

"얼음과 눈, 안개로 뒤덮인 곳. 비겁하게 천수를 누리려 하는 자들이 떨어지는 땅. 그곳이 바로 니블헤임일세. 위그드라 실의 뿌리에 있던 곳으로, 아주 간단히 말하자면 명예롭지 못 한 저승이지."

그녀가 식기를 손가락으로 쭉 훑었다. 구부러졌던 부분들 이 다림질을 한 옷처럼 말끔하게 퍼졌다.

"실제로 천수를 누린다고 해서 꼭 그곳에 가는 것은 아니 었네. 젊은이들이 가급적 전쟁에 참여하게끔 하기 위한 정치 행위였지. 더 솔직하게 얘기하자면 속임수였고."

"그렇군요."

여담을 마친 하이엘바인은 본론으로 들어갔다.

"물론 내가 알던 니블헤임은 아닐 것이네. 아마도 이름만 같은 곳이겠지. 자네가 알다시피 위그드라실에서 남은 부분 은 오로지 아스가르드의 발할라뿐이지 않는가?"

"그렇긴 합니다만……."

리오는 자신의 교신기를 루이체에게 건네주었다.

니블헤임에 대해 찾아보라는 뜻이었다. 눈치 빠른 그녀는 특별한 질문 없이 리오의 뜻대로 교신기를 만졌다.

"그렇다면 니블헤임이라는 이름이 왜 붙었을까요?"

"우연은 아닐 것일세. 도시에 이름을 붙인 자가 아스가르 드의 관계자일 가능성이 높네."

그러다가 하이엘바인이 문득 웃었다.

"아무 일도 없는 도시에 자네를 괜히 보낼 리가 없지 않나?"

"그야 뭐……."

리오는 멋쩍은 미소를 지었다.

어차피 유적이 존재하는 이상 따뜻한 햇볕과 푸른 바다가 기다리는 평화로운 곳은 아닐 것이다. 리오는 그렇게 생각했다.

케롤이 요리를 들고 왔다. 그것은 조금 큰 컵에 부어온 수프였다.

궁금한 표정으로 컵을 받은 리오는 한 모금 마시자마자 깜짝 놀랐다.

잘게 썬 고기와 야채의 풍미가 진하면서도 넘기기가 쉬워 먹는 것에 아무런 지장이 없었다. 또한 맛도 있었다.

"어, 괜찮은데?"

"우홋흥! 애정을 담은 거라 하이엘바인님께서 드신 것과는 차원이 다르죠!"

몇 시간 동안 애정이 담기지 않은 음식을 먹은 하이엘바인은 멋쩍은 분노를 품었다.

루이체가 리오에게 교신기를 넘겨주었다. 교신기 위에 뜬 화면을 본 리오는 쓴웃음을 지었다.

"아무래도 보통 도시는 아닌 것 같군요."

"니블헤임 말인가?"

하이엘바인이 고기가 놓여 있던 접시를 포크로 슬슬 긁었다. 벌써 배가 고파진 것이다.

리오가 교신기 화면을 그녀에게 보여주었다.

"위치 정보 외엔 아무것도 없습니다. 표기되어야 할 곳들이 엉망이군요. 정보없음, 기밀, 접근 권한 없음으로 도배되어 있습니다. 이거 참 가기 싫어지네요."

리오가 조금 여유를 부렸다. 하나 하이엘바인은 니블헤임이라는 이름이 계속 마음에 걸려 한숨을 연거푸 내쉬었다.

잠시 후, 저택 거실에 있던 휀이 식당으로 들어왔다. 그가 나타나자마자 리오를 제외한 모두의 분위기가 가라앉았다.

'설마 이번에도 날 부르진 않겠지?'

하이엘바인의 그 생각을 무시하기라도 하듯 휀이 그녀에게 시선을 주었다.

"하이엘바인님."

그녀의 표정이 흐려졌다.

"무슨 일인가?"

"정찰조를 편성하고 싶습니다만."

"정찰조?"

그녀가 리오를 봤다.

"그런 문제라면 나보다는 리오에게 얘기하는 것이 더 빠르지 않겠나?"

말하는 와중에 그녀가 혼자 울컥했다.

"그래, 힘이 다 빠진 옛 신족보다 현역이 훨씬 나은 법이지. 우후, 우후후."

빈정대는 그녀의 모습이 리오에겐 조금 신선했다.

"부상자보다는 하이엘바인님이 낫습니다."

칭찬인지 비꼬는 것인지 분간이 안 되는 말이었다.

리오는 자신이 어느 순간부터 농담의 핵심이 되고 있다는 느낌을 받았다.

"생각해 둔 것이라도 있나?"

"적들이 여태껏 사용해 왔고 앞으로도 사용할 작전은 단 하나, 정면 돌파입니다. 만약 그들에게 전략 전술을 흉내라도 낼 머리가 있었다면 이 도시는 하이엘바인님께서 다시 방문하시기 한참 전에 함락됐을 겁니다."

어제 리즈의 민병대와 클라라가 보여준 활약은 칭찬할 만했다. 그렇다 하더라도 아폴론과 아르테미스가 어제처럼 히드라를 동원하면서 공격을 해왔다면 도시는 속수무책이었을 것이다.

"현재 이 도시는 한 번이라도 더 직접적인 공격을 받으면 심리적으로 무너질 겁니다. 공작의 성에서 만난 병사들과 공작 모두 불안감에 빠져 있었던 것이 그 증거입니다."

"일리있군."

"그들이 무너지면 시민들도 모조리 도시를 버리고 떠날 겁니다. 그것을 막기 위해서는 정찰대를 이용해 적들을 미리 요격하는 것이 옳다고 봅니다."

"저어, 라디언트님."

루이체가 손을 반쯤 들었다. 휀은 얘기해도 좋다는 뜻으로 고개를 끄덕였다.

"도시 사람들의 안전이 문제라면 일단 대피를 시키고 보는 게 낫지 않을까요? 요격하는 것보다는 그게 더 안전할 것 같은데요?"

"오해하는군."

"예?"

"적들은 인구 밀집 지역에서 대량 살상 행위를 저지른 적이 없다. 이 말은 곧 아폴론과 아르테미스가 민간인들의 희생을 가급적 피하려고 했다는 뜻이지."

루이체와 하이엘바인은 이후에 휀의 입에서 무슨 말이 나올지 두려웠다.

"어젯밤엔 안 그랬잖아요?"

"민간인들을 공격한 건 오크와 트롤이야. 아폴론과 아르테미스가 직접 나서진 않았지. 아폴론의 화살 한 방이면 도시 위에 있는 사람들은 즉사를 피할 수 없어. 디아블로를 단 한

준족의 사내 147

방에 거꾸러뜨린 화살이라면 도시 하나쯤은 가볍지."

리오는 그것보다 어제 자신이 쓰러진 것을 기회 삼아 강공을 한 게 옳다고 봤다. 그래도 일단은 휀의 이야기를 계속 들었다.

"설명이 길어졌군. 이 도시에 있는 사람들은 우리의 인질이다."

휀이 말을 툭 던졌다.

화가 나 막막해하는 하이엘바인과 그럴 줄 알았다는 얼굴의 루이체, 그리고 리오의 표정이 묘하게 대치되었다.

"그래서, 정찰조를 어떻게 편성하고 싶다는 건가?"

"하이엘바인님과 스트라케님께서 도시 동쪽과 남쪽을 맡아주십시오. 적들을 직접 상대하실 필요는 없습니다. 저에게 알려주시기만 하면 됩니다."

조건은 가벼웠다.

리오는 다시금 이상하다고 생각했다.

'이번에는 서쪽으로 올 것 같은데?'

그가 그렇게 생각한 근거는 땅의 상태였다.

웜에 의한 침공이 시작된 날부터 어젯밤까지 도시의 동쪽 땅과 남쪽 땅은 수년 동안 풀 한 포기 나지 않을 정도로 엉망이 되었다.

땅은 설인은 물론 기병도 통과하기 힘들 만큼 푹신푹신했다. 수백 명 이상이 달리기에도 적합하지 않았다.

그런 것을 따졌을 때 아폴론 등이 뭔가 특별한 방법을 쓰지 않는 한 도시 동쪽과 남쪽을 통해 오크와 트롤들이 들어올 일은 없다고 봐도 무방했다.

북쪽은 험한 산지였다. 길도 구불구불해서 기습에는 적합하지 않았고 경사도 급했다. 소수가 움직이면 모를까 다수의 이동은 힘들었다.

가장 적당한 곳은 특별한 장애물이 없는 서쪽이었다.

암반 위에 흙이 얇게 깔린 지형이라 웜이 지나다니기에는 무리가 있었으나 기병과 보병이 지나가기에는 전혀 문제가 없었다.

하이엘바인도 그것을 완전히 모르는 바는 아니었다.

"서쪽은 어찌할 생각인가?"

"이 저택의 주거인들에게 맡길 생각입니다."

"리즈님과 민병대들에게?"

하이엘바인이 강력히 반발했다.

"제정신인가? 그건 무리일세!"

"정찰 외에는 이용가치가 없는 자들입니다."

순간 격분한 하이엘바인이 주먹을 치켜들려고 했다. 그러나 그녀의 손목은 리오에게 미리 잡혀 꿈쩍도 못했다.

리오는 미지근하게 웃고 있었다. 휀이 무슨 속셈으로 그런 말을 하고 있는지 뻔히 안다는 표정이었다.

"좋아. 그럼 정찰조 얘기는 민병대들에게 직접 하시지."

리오가 말했다.

"그럴 생각이다. 그럼 실례를."

하이엘바인에게 가볍게 목례한 휜은 뒤도 돌아보지 않고 식당을 나섰다.

하이엘바인이 리오에게 잡힌 팔을 강하게 흔들었다.

"놓게! 어쩌자고 나를 말린 건가!"

"아, 죄송합니다."

리오는 우선 그녀의 손목을 놓아주었다.

"휜은 남을 해치우는 실력만큼이나 남을 다루는 실력이 좋지요."

"그저 남을 이용하는 게 그의 잘난 실력인가? 도대체 그는 정치가인가, 전사인가! 하이볼크가 만든 세상은 웃기지도 않는군!"

휜에 대한 불만뿐만 아니라 리오에게 꾸중을 들을 때부터 쌓여 있던 서러움까지 뒤섞여 폭발하고 있었다.

"일단 지켜보시지요. 이번 정찰이 끝나면 그가 왜 그렇게 남들에게 인정을 받는지 아시게 될 겁니다."

"……."

"이것도 다른 의미로는 싸움이 아니겠습니까?"

리오가 당장 할 수 있는 수습은 그 정도였다.

하이엘바인은 별 대답 없이 리오에게 잡혔던 손목을 만지며 시선을 돌렸다.

그녀는 그의 체온이 손목에 남은 것 같은 느낌에 고개를 갸웃거렸다.

한편, 휀의 지시대로 정찰을 나갈 수 있는 민병대 멤버들을 거실에 모이게 한 리즈는 클라라를 무릎 위에 앉힌 채 불안한 얼굴로 시간을 보냈다.

올리버와 마리아도 마찬가지였다. 리오를 처음 만났을 때와 달리 휀 앞에서는 뱀 앞의 개구리처럼 꼼짝도 못했던 둘은 가만히 테이블만 바라보고 있었다.

클라라는 그냥 느긋했다.

그녀의 손바닥만큼이나 널찍한 과자가 그녀의 투구 속으로 아삭아삭 밀려들어 갔다.

모르는 사람이 보면 괴기스러운 광경이었지만 지금은 그 과자를 씹는 기관과 소화시키는 기관이 무엇인지조차 궁금해하는 사람이 없었다.

현재는 그녀가 과자를 씹는 소리만이 거실에 가득했다.

이윽고 휀이 거실에 들어왔다. 클라라를 제외한 모두가 바짝 긴장했다.

"나올 수 있는 인원은 이것뿐인가?"

"예, 라디언트님. 용병들과 의용병 여러분들은 저택에 피신한 민간인들을 보호하시는 것이 낫겠다 싶어서 부르지 않았습니다."

리즈의 대답을 들은 휀은 자리에 앉았다.

"오늘 저녁부터 너희들은 도시 서쪽을 정찰한다."

"정찰이라고 하셨습니까?"

"셋이서 적군과 맞서 싸우겠다면 말리지 않겠다."

클라라가 움찔하여 주변을 봤다.

거실에 있는 민병대 멤버는 자신까지 포함해 총 네 명이었는데 휀이 세 명을 얘기했기 때문이다.

"클라라님은 저택에 계십시오."

휀의 친절한 설명에 클라라가 두 팔을 휘저으며 눈을 부릅떴다.

"전투! 전투!"

그녀는 항의했지만 휀은 들은 척도 하지 않았다.

"동쪽과 남쪽은 하이엘바인님과 스트라케님께서 맡기로 했다. 직접 전투를 할 필요는 없다. 대신 나에게 보고만 확실히 하도록."

전투를 할 필요가 없다는 말에 리즈들의 표정이 조금 나아졌다.

그들은 어젯밤의 전투를 통해 자신감을 상실한 상태였다.

오딘의 눈을 어느 정도 제어할 수 있게 되면서 얻은 용기는
이제 어디에도 없었다.

단 한 톨의 정도 느껴지지 않는 휀의 태도와 분위기는 리즈
를 점점 더 불안하게 만들었다.

"정말 라디언트님의 말씀을 따르면 이 도시를 지킬 수 있
는 겁니까?"

"따를 것인지, 따르지 않을 것인지에 대한 결정권은 리즈
스타인, 너에게 줬다. 번복할 기회가 필요하면 지금뿐이다."

결정권을 줬다기보다는 협박 같았다. 그렇게 느낀 리즈는
말이 없었다.

올리버는 이 무례한 남자가 리오보다 나은 것이 대체 무엇
인지 궁금했다. 마리아 역시 휀을 겉만 그럴싸하고 실속은 없
는 사람일 거라 생각했다.

"만약 저희가 적들에게 먼저 들킨다면 어찌해야 합니까?"

리즈가 묻자 휀은 코트 안주머니에서 흰색의 막대를 꺼내
리즈에게 주었다.

"그 막대를 부러뜨리면 된다."

은근히 간단해 보였다.

막대는 약간의 탄성이 느껴졌다. 내부에는 흰색의 물질이
충전되어 있었고 외부는 인간이 일정 이상 힘을 가하면 문제
없이 부러뜨릴 수 있는 수준이었다.

"언제 출발하면 되겠습니까?"

"저녁 식사 후 즉시."

휀이 말했다.

"일을 받아들인 것으로 알겠다. 충실히 하도록."

휀이 겨울바람처럼 일어나 거실 밖으로 나갔다.

리즈들은 속이 개운치 않아 인상을 찡그렸다. 그래도 도시를 지키기 위한 일임에는 분명하기에 특별한 말은 하지 않았다.

올리버가 일어났다.

"그럼 저는 저녁 식사 전까지 말과 장비들을 준비하겠습니다."

"아, 나도 도울게."

리즈가 일어나려 하자 클라라가 그를 말렸다.

"전투, 전투! 전투!"

자신이 올리버를 돕겠다는 뜻이었다. 리즈는 그녀를 꼭 안아 고마움을 표했다.

"그래, 그럼 부탁해."

"전투!"

클라라는 주먹으로 자신의 앞가슴을 쳤다. 아스가르드 전사의 인사법이었다.

　　　　　*　　　　*　　　　*

　정찰대로 뽑힌 모두는 저녁 식사를 마치고 차를 한 잔 마셨다.

　그 자리에서 하이엘바인은 리즈들에게 쑤밍을 붙여주는 것이 어떻겠냐고 휀에게 건의했다.

　"쑤밍이 리즈님과 함께 가준다면 내 마음이 좀 편할 것 같네만."

　"저도 리즈님 쪽을 돕고 싶지 말입니다."

　쑤밍이 곧바로 하이엘바인의 건의를 지원했다.

　그러나 휀의 반응은 냉랭했다.

　"이것은 하이엘바인님의 위안을 위한 행사가 아닙니다."

　하이엘바인의 주먹이 휀의 머리통에 꽂혔다. 그 외에도 격투로 만들어낼 수 있는 온갖 끔찍한 상황이 잔인하게 이어졌다.

　물론 그것은 하이엘바인의 상상일 뿐, 실제는 아니었다.

　하이엘바인은 멀쩡하게 차를 마시는 휀을 노려보며 치를 떨었다.

　'내 저자를 반드시……!'

　리오는 그 모습을 보고 자신의 뒷머리를 만졌다.

　'저러다 정드시겠군.'

그로부터 1시간 뒤, 리즈 일행과 하이엘바인 일행은 도시의 서쪽과 동쪽으로 각각 출발했다.

리즈 일행 전원은 리오가 특별히 꾸며준 망토로 몸을 덮고 있었다.

손으로 마구 찢은 녹색과 황색 헝겊들을 그물에 잔뜩 엮어 붙인 그 옷은 착용자를 건초더미 괴물 내지는 설인처럼 보이게끔 만들 정도로 크고 두꺼웠다.

"길리 슈트(Ghillie Suit)라고 하는데, 엎드린 채 꼼짝 말고 가만히 있으면 그냥 수풀더미로 보일 거야. 오크나 트롤의 눈 따위는 신나게 속일 수 있어. 물론 초감각을 가진 적이라면 얘기가 다르지만."

리오의 설명이었다. 그 말을 들은 올리버가 의문을 제기했다.

"선생님, 이걸 입고는 싸우기 힘들 것 같습니다. 기껏해야 활 정도를 쓸 수 있을 것 같은데, 괜찮겠습니까?"

"어차피 싸우려고 가는 것도 아니잖아? 정 싸워야겠다 싶으면 그물의 앞쪽 연결 고리를 풀어. 그러면 한 번에 벗겨질 거야."

그렇게 해서 받은 옷의 느낌은 리즈 일행의 마음을 조금이나마 편하게 만들어주었다.

그들이 말을 타고 출발한 직후, 스트라케의 등에 탄 하이엘바인은 케롤이 챙겨준 말린 고기와 빵을 먹으며 속을 달래고 있었다.

"정말 짜증나는 인간이 아니더냐?"

일찌감치 도시를 벗어나 동쪽을 향해 질주하던 스트라케가 그녀를 의식했다.

[휀 라디언트 말씀이십니까?]

"당연하지! 내 성질을 이렇게까지 자극하는 자는 로키 이후 그가 처음이구나!"

[그래도 로키에 비할 바는 아닙니다.]

"감히 내 앞에서 휀 라디언트를 옹호하는 것이냐?"

[소, 송구합니다.]

옹호할 뜻으로 얘기한 게 아니라 로키의 악독함을 얘기하려 했던 스트라케는 상당히 난감해했다.

"물론 네 뜻은 안다."

대범하게 얘기했으나 하이엘바인의 표정은 밖에서 싸우고 돌아온 아이처럼 복잡했다.

"로키라는 이름을 들으니 '혜임달' 님의 일이 떠오르는구나. 나에게 걀라르호른을 물려주신 뒤 희생으로 로키를 소멸시키셨지."

[그분의 희생은 아직도 제 가슴에 남아 있습니다.]

하이엘바인이 빵봉투를 사타구니와 안장 사이에 놓고 팔

짱을 꼈다.

"오딘님께 가장 아쉬운 부분이 바로 그것이란다. 헤임달님의 통찰력을 가장 잘 아시는 분이 왜 헤임달님의 의견을 묵살하고 로키를 아스가르드로 초대하셨는지 아직도 모르겠구나. 그것이야말로 라그나로크의 발단이 아니더냐?"

스트라케의 생각도 비슷했다. 하지만 그녀는 동감을 드러내야 할 때와 장소를 구별할 줄 알았다.

[마음을 편히 가지시는 것이 좋을 듯합니다, 하이엘바인님.]

"음? 아, 내가 너무 흥분했구나."

하이엘바인은 다시 봉두를 들었다.

"사실 매우 심란하단다. 물론 휀 라디언트 때문은 아니지."

[다른 일이라도 있으셨습니까?]

"음······."

그녀가 한숨을 쉰 후 대답했다.

"나와 리오의 다음 목적지 말이다."

[예, 하이엘바인님]

"그 도시의 이름이 니블헤임이란다."

순간 스트라케의 네발이 쫙 퍼지며 땅을 긁었다. 너무 놀라 급정거를 한 스트라케는 고개를 설레설레 저었다.

『그, 그럴 리가 없습니다. 그냥 이름만 니블헤임일 겁니다!』

스트라케는 당황하고 있었다.

그녀는 전쟁 초기에 포로로 잡혀 니블헤임으로 끌려간 일이 있었다.

당시 잔꾀를 이용해 그녀를 직접 사로잡은 로키는 정보 따위 안중에도 없다는 듯 일단 고문부터 가했다. 그는 당시까지 존재하던 고문과 각종 창의적인 고문 모두를 스트라케에게 시험하고 그것을 책에 기록했다.

모두의 반대를 무릅쓰고 혼자 니블헤임에 쳐들어간 하이엘바인은 로키와 그의 딸 '헬' 까지 싸잡아 넝마로 만들며 스트라케를 구출했다.

구출될 당시의 스트라케는 아직도 하이엘바인의 머릿속에 선명할 만큼 육체적으로 참혹하게 망가져 있었다.

팔다리는 갈퀴로 해체된 봉제인형처럼 너덜너덜했고 몸통은 더 이상 여자의 것이라고 볼 수가 없었다.

전쟁을 몇 번이나 겪으며 온갖 모습의 시체에 익숙했던 하이엘바인이었지만 정작 전우가 그렇게 되니 충격이 이만저만이 아니었다.

그런 끔찍한 상태에서 스트라케가 제정신을 유지하고 있었던 것은 감탄할 만한 일이었다.

물론 좋게만 볼 수 없었다. 그 강인한 정신으로 인해 로키가 자신에게 가했던 모든 행위를 뚜렷하게 기억해야만 했기 때문이다.

분노한 하이엘바인은 로키와 헬을 세상에서 지워 버리려고 했다. 그러나 로키 부녀는 니블헤임으로부터 잽싸게 도망친 뒤였다.

그 이후 그녀는 원수로 삼은 로키와 헬을 전쟁터에서 가끔 마주쳤다. 그나마도 아주 먼 곳에서만 볼 수 있었기에 스트라케의 복수는 제대로 하지 못했다.

스트라케의 망가진 육체는 신들의 힘으로 깨끗이 복원되었다.

신들은 그녀에게 로키와 관련된 기억을 지워주겠다는 제안을 했으나 그녀는 아스가르드의 전사로서 당당히 이겨내겠다며 제안을 거부했다.

그날 이후 하이엘바인은 때때로 악몽에 휩싸여 울부짖는 스트라케의 모습을 봐야만 했다.

하이엘바인은 스트라케의 등을 어루만졌다.

"나도 그곳이 내가 아는 니블헤임은 아니기를 바란단다. 하지만 내가 이 세계에서 너를 만날 줄은 생각도 못했던 것처럼 무슨 일이 벌어질지는 아무도 모르지."

[으⋯⋯.]

스트라케의 몸이 파르르 떨렸다.

"그래서 너를 데려가지 않기로 했단다. 넌 이곳에서 클라라와 함께 내가 돌아오기를 기다리려무나."

[예, 하이엘바인님.]

스트라케가 다시 평야를 뛰었다. 그녀는 침묵한 채 오랫동안 달리기만을 했다.

[하이엘바인님.]

"음?"

[다시 옛날로 돌아갈 수는 없겠지요?]

그녀의 질문에 하이엘바인이 씩 웃었다.

"현재를 살아가자꾸나."

그녀는 오후에 리오가 붙잡았던 손목을 다시 만졌다.

*   *   *

도시를 떠난 뒤 이틀째 맞는 정오. 날짜로는 3일이 흐른 날.

리즈와 올리버, 마리아는 길리 슈트를 입은 채 마지막 남은 빵을 먹었다.

이틀 내내 빵만 먹어서 그런 것인지, 아니면 날이 상당히 건조해서 그런 것인지 셋의 얼굴은 노랗게 뜬 상태였다.

특히 흡혈귀인 마리아는 피에 대한 갈망 때문에 눈이 돌아가기 직전이었다.

"리즈."

마리아가 거의 울먹이듯 그를 불렀다.

"제발 불 피우고 고기를 먹으면 안 될까? 짐승은 내가 사냥해 오겠어!"

"안 돼, 마리아. 리오님이 어떤 상황에서도 불만큼은 절대 피워선 안 된다고 하셨잖아."

리즈는 단호했다.

그들이 투덕거리는 사이 올리버는 리오가 적어준 쪽지를 다시 펴봤다.

도시를 떠나기 전부터 접힘과 펴짐을 반복한 그 종이는 벌써 네 조각으로 나뉘기 직전까지 헐어 있었다.

함부로 불을 피우지 말 것. 타고 있는 말뿐만 아니라 야생동물들의 움직임을 주시할 것. 특히 새들의 경우는 목숨이 달렸다고 생각하고 주목해야 함. 몸을 숨기기 좋은 지형을 따라 이동할 것. 잠을 잘 때는 땅을 깊게 판 뒤 그 안에서 잘 것. 주위가 너무 시끄럽거나 조용하면 땅에 귀를 대고 진동음을 확인할 것. 먼저 발각되는 경우 흩어져서 도망칠 것.

젊은 기사는 피로와 수면 부족으로 지친 눈을 만지면서 종이의 글귀를 다시 읽었다.

'우리가 할 수 있는 것들만 적어놨어.'

하늘을 날면서 정찰하라는 말이 적혀 있었다면 그는 미련 없이 그 종이를 돼지우리에 집어넣었을 것이다.

출발하기 전에 리오가 얼마 뒤 떠날 거라는 이야기를 들었던 올리버는 상당히 아쉬워하고 있었다.

'좀 더 배우고 싶었는데……'

다시 돌아온다는 얘기도 물론 들었지만 그때까지 둘 다 살아 있을지도 의문이었다. 죽을 확률은 리오보다 자신이 몇 배나 더 높다는 사실을 그는 알고 있었다.

그가 진지하게 생각하고 있는 한편, 리즈와 마리아의 싸움은 계속 진행 중이었다.

"고기가 안 되면 피를 내놔, 리즈! 나에게 피를 바치는 거야!"

"너에게 물려서 멀쩡한 사람은 루파밖에 없잖아?"

"조금만! 응? 아주 조금만! 너만은 노예로 만들지 않겠다고 맹세한 거 기억 안 나?"

리즈는 매우 곤란했다. 괜찮을지도 모른다고 생각하는 순간 '마리아에겐 피를 단 한 방울도 줘선 안 된다'는 도로시의 조언이 그를 막아섰다.

"참아봐. 식사를 마치고 바로 귀환할 거니까."

"으아, 역시 오는 게 아니었어!"

마리아가 벌렁 드러누웠다.

두툼한 길리 슈트가 아니었다면 여자로서 상당히 부끄러운 자세가 나왔을 것이다.

리즈는 평소의 기품을 내던지고 발버둥치는 마리아를 잠시 보다가 하늘 한가운데에 뜬 태양을 봤다. 햇빛이 평소보다 훨씬 더 따갑게 눈을 자극했다.

사람뿐만 아니라 말들도 지친 상태였다.

식량이 다 떨어지면 비상식량을 쓸 생각은 하지 말고 곧장 돌아오라는 리오의 귀띔도 있었기에 리즈는 숙제를 마친 아이처럼 홀가분하게 웃었다.

"그래, 당장 돌아가자."

"후, 이제야 마음을 돌렸구나."

바닥에 누워 발버둥치던 마리아는 어느새 안장 위에서 다리를 꼬고 앉아 있었다. 항상 뿌려대던 기품도 다시 부활하여 리즈와 올리버를 어이없게 만들었다.

마리아의 뒤에 앉은 리즈는 말의 고삐를 쥐었다. 올리버도 뒤이어 말에 올랐다.

그들은 도시를 향해 말을 몰았다. 흙먼지가 말발굽을 따라 뭉게뭉게 피어올랐다.

"올리버."

리즈가 조금 큰 목소리로 올리버를 불렀다.

"예, 도련님."

"이제 끝내도 되지 않을까?"

"지금 귀환하고 있지 않습니까?"

올리버는 그의 말을 제대로 이해하지 못했다.

리즈가 빙긋 웃었다.

"민병대 말이야."

만약 리즈가 닷새 전에 그 말을 했다면 올리버는 화를 냈을 것이다. 하지만 스타인 가문의 젊은 기사는 그저 우울한 표정을 지을 뿐이었다.

"뭐야, 갑자기?"

마리아가 따졌다.

"그런 말은 내가 해야지, 리즈가 하면 어떡해!"

짧고, 직접적이고, 솔직한 항의였다.

리즈는 자신을 붙들고 있는 작은 흡혈귀를 돌아봤다.

"미안, 마리아. 내가 피곤해서 헛말을 한 것 같아."

"흥!"

고쳐 웃은 리즈는 마음을 다잡으며 정면을 봤다.

검은색 갑옷으로 무장한 사내가 방패를 든 채 서 있었다.

"아!"

리즈가 고삐를 잡아당기는 속도보다 사내의 방패와 충돌하는 속도가 더 빨랐다.

충돌 즉시 사망한 말은 사지를 쫙 뻗은 채 공중제비를 돌았다. 안장에서 튕겨 나간 리즈와 마리아는 위험한 자세로 땅에 떨어졌다.

갑옷의 사내가 나타나는 것조차 느끼지 못했던 올리버는 추락하는 말과 리즈들을 멍한 얼굴로 지켜봤다.

"도련님!"

말에서 내린 올리버는 길리 슈트의 고리를 풀고 상대에게 뛰어갔다.

올리버의 갑옷 색이 검은색임을 확인한 방패의 남자는 고개를 살짝 갸웃거린 뒤 짧은 검을 뽑아 들었다.

올리버는 눈에서 입까지 T 자 형태로 창이 열린 상대의 투구를 봤다. 상대의 짙은 녹색 눈동자에서는 일말의 방심도 느껴지지 않았다.

'위험하다.'

올리버는 그 남자를 상대로 이길 자신이 없었다. 그러나 선택의 여지는 없었다. 죽는다 해도 리즈와 마리아의 무사 여부만은 확인하고 싶었다.

그는 상대의 오른쪽을 노리고 검을 움직였다. 방패를 든 왼쪽을 노리는 것은 뭔가 노림수가 있지 않는 한 그저 죽음을 앞당기는 행위에 불과했다.

상대가 든 방패는 그렇게 크지 않았다. 적이 공격하든 말든 대놓고 밀어붙일 목적의 대형 방패가 아니라 기민하게 움직여 공격을 막아내기 위한 육박 전용 방패였다.

그는 몸을 돌리며 올리버의 검을 막았다.

올리버는 일단 사력을 다해 방패를 때렸으니 기선 제압에는 성공했다고 생각했다.

체격은 올리버가 더 좋았다. 올리버의 천부적인 힘과 그 체격 차이를 감안한다면 상대는 방패를 잡은 채 밀려나야 정상이었다.

그러나 상대는 아무 변화 없이 몸을 반 바퀴 더 돌려 올리버의 어깻죽지를 칼자루로 찍었다.

올리버의 오른쪽 어깨갑옷이 부서지고 어깨뼈가 탈골됐다.

"큭!"

올리버는 비명을 지르며 검을 놓쳤다.

방패의 남자는 땅에 떨어진 올리버의 검을 멀리 차버린 뒤 방패로 그의 가슴을 후려쳤다. 갑옷의 틈새를 연결시켜 주는 고리와 끈이 그 충격에 모조리 풀렸다.

그만한 충격에도 불구하고 올리버는 탈골 부위의 통증 외엔 아무것도 느끼지 못했다. 부상도 없었다. 기술 이상의 초월적인 힘이었다.

방패의 남자는 올리버를 가볍게 걷어차고 그의 허벅지를 밟았다.

"으악!"

비명은 짧았다. 통증도 그만큼 짧고 강했다.

"그 도시에서 온 자로군."

방패의 사내가 말했다.

땅에 드러누운 올리버의 등판에 진동이 전해졌다. 보병과 궁병을 뒤에 태운 오크 기병들이 올리버들의 주위를 순식간에 포위했다.

오크들의 말발굽에서 일어난 흙먼지가 올리버의 얼굴에 쏟아졌다.

'제길, 제기랄!'

올리버는 입안에 들어간 흙을 뱉지 않을 정도로 분개했다.

방패의 남자가 땅에서 종이쪽지를 들어 그것을 폈다. 그것은 정찰 중에 올리버가 열심히 읽었던 리오의 쪽지였다.

'어느새?'

방패의 남자는 올리버가 보는 앞에서 그 주의사항들을 눈으로 읽었다.

"한 가지를 써주지 않았군."

그는 올리버의 가슴팍에 종이를 떨어뜨렸다.

"말발굽이 일으키는 흙먼지는 생각보다 뚜렷하게 보이니 주의할 것."

"……"

"이젠 의미가 없는 조언이 되겠군."

그는 검을 칼집에 넣고 오크들에게 손짓했다.

"저 둘을 끌고 와라."

오크 두 명이 리즈와 마리아를 각각 옆에 끼고 남자에게 왔다.

그들의 길리 슈트의 고리를 풀어버린 방패의 남자는 먼저 마리아의 진홍색 단발을 우악스럽게 잡고 그녀의 고개를 젖혔다.

"이 계집은 인간이 아니군. 그러니 같이 있던 남자… 아니, 계집을 지킬 수 있었겠지."

마리아를 놓은 그는 뒤이어 리즈의 금발을 잡았다.

"분명히 계집의 냄새가 나는데 좀 이상하군."

리즈를 붙들어 올리고 있던 오크가 납작한 코끝으로 리즈의 등줄기를 훑고 내려가더니 둔부 사이를 쿡쿡 찔렀다.

"흐흐, 저도 모르겠습니다. 벗겨봐야 알 것 같습니다, 아킬레우스님."

"위안거리로 삼으려면 다른 계집을 써라. 아무래도 이 계집은 아폴론님이 말씀하신 '눈'의 보유자인 것 같다."

마리아를 들고 있던 오크가 쓴맛을 다시며 그녀를 어디론가 질질 끌고 갔다.

올리버가 왼팔로 땅을 짚고 벌떡 일어났다.

"그만해!"

방패를 든 남자, 아킬레우스를 향해 뛰어가는 올리버 쪽으로 오크 하나가 말을 천천히 몰았다. 다친 오른쪽 어깨부터 말과 충돌한 올리버는 격통을 이기지 못하고 쓰러졌다.

오크가 올리버의 뒷목에 단검을 댔다. 하도 세게 누른 탓에 살갗이 칼날을 따라 열려 피가 흘렀다.

"이 녀석은 어찌하시겠습니까?"

"일단 내버려 둬라. 이 계집이 깨어난 뒤에 쓴다."

"예이."

아킬레우스는 올리버가 보는 앞에서 리즈의 옷 구석구석을 더듬었다.

어떤 다른 의도를 품은 행동은 아니었다. 그저 단순한 몸수색일 뿐이었으나 올리버는 차마 그 모습을 볼 수가 없었다.

"음."

아킬레우스가 리즈의 상의 안주머니에서 흰색의 막대를 꺼냈다. 휀이 출발하기 전에 줬던 물건이었다.

무력감과 분노에 흐려졌던 올리버의 눈빛이 되살아났다.

'저걸 부러뜨리면 된다고 했지?'

하지만 올리버는 방법을 찾지 못했다.

아킬레우스는 막대를 살폈다.

"빛의 힘이 느껴지는군."

그가 올리버를 향해 보란 듯 막대를 흔들었다.

"이 물건의 정체가 무엇인가?"

그 질문에 대한 대답을 어찌하느냐에 따라 자신들의 운명이 바뀔 것이다. 올리버는 그 사실을 육감적으로 느꼈다.

'어쩌지? 뭐라고 대답하면 되는 거지?'

그가 지체하자 오크가 조금 힘을 주어 칼날을 내렸다. 그러나 올리버는 신음소리조차 내지 않았다. 그는 목이 베이는 통증조차 느끼지 못할 정도로 정신없이 고민하고 있었다.

이윽고 그의 뇌리에 뭔가가 떠올랐다.

'잠깐, 왜 우리를 죽이지 않는 거지?'

사실 도시에는 특별히 숨길 만한 비밀이 없었다. 그것은 곧 그들이 여기서 자신들을 고문하며 시간을 보낼 이유가 없다는 말과도 같았다.

"당신, 노리는 게 뭐야?"

"노리는 것?"

질문을 받은 아킬레우스는 리즈에게 얻은 막대를 든 채 올리버에게 다가갔다.

"그렇군. 마구잡이로 묻는 것은 예의가 아니지."

그가 올리버를 붙잡고 있는 오크를 물러나게 했다.

"성급함을 사과하겠네."

그러면서 올리버의 오른쪽 어깨를 발로 밟았다.

"음으윽!"

오크의 칼날보다 더 큰 고통이 올리버의 신경을 파고들었다.

"아폴론님의 화살을 무의미하게 만든 자가 도시에 있다고 들었다. 알고 있나?"

"뭔가를 찾으러 온 게 아니었나?"

"그저 보물을 찾기 위한 행차라면 이렇게 거추장스러운 짓은 하지 않겠지. 저 계집은 눈만 뽑아내면 볼 일이 없어. 네놈도 말에 묶어 도시까지 끌고 가면 돼. 그 옛날 나에게 불경한 짓을 하여 죽은 헥토르처럼 절반 정도만 땅에 갈아주면 효과를 보겠지."

끔찍한 말을 듣는 올리버의 눈앞에 마리아의 흰색 가죽드레스 조각이 툭 떨어졌다. 그 불길한 조각이 날아온 곳에는 오크들이 갖은 웃음소리를 내며 잔뜩 몰려 있었다.

그녀가 더 큰일을 당하기 전에 구해야 한다는 압박감이 올리버를 괴롭혔다.

"난 보물보다는 그 남자의 목을 원한다."

아킬레우스의 녹색 눈동자가 경외심에 반짝거렸다.

"그 남자의 목으로 나의 강함을 증명하고, 내가 모시는 헤라님이야말로 우리들의 지도자라는 것을 그 멍청한 아폴론님께 알려 드릴 것이다!"

그가 두 팔을 벌리며 외쳤다. 올리버는 그가 사이비 종교의 신도처럼 보였다.

"그렇다면 그 막대를 부러뜨려 보시지? 너희들에게 발각되면 그걸 부러뜨리라고 그 남자가 말했어. 혹시 알아? 그가 우리를 구하러 올지."

부러뜨려서 뭐가 어찌 될지는 올리버도 궁금했다.

"너희들에게 행운이 있길 빌지."

아킬레우스가 엄지로 막대를 부러뜨렸다.

막대의 안에 충전되어 있던 흰색 물질이 빛을 뿌리며 하늘 끝까지 솟았다.

오크와 트롤들이 그 눈부신 빛에 일제히 놀라 몸을 숙였다. 올리버도 눈을 감고 고개를 돌렸다.

막대의 파편을 옆으로 던진 아킬레우스는 팔짱을 끼고 주변을 둘러봤다. 마리아를 둘러싸고 있던 오크들도 행동을 멈추고 침묵했다.

그러나 오크들이 웅성댈 때까지 아무 일도 일어나지 않았다.

"아무래도 너희들은 희생양인 것 같군."

아킬레우스의 발이 올리버의 어깨에서 머리로 향했다.

치명적인 두께의 광선이 오크 기병대를 긁어버린 것은 그 다음이었다.

예기치 못한 빛과 충격에 반사적으로 방패를 들었던 아킬레우스는 쏟아지는 흙더미를 맞으며 광선이 떨어진 지점을 봤다.

수백 명의 오크와 트롤이 온데간데없이 사라져 있었다. 남은 것은 그들과 그들이 타고 있던 말의 일부분뿐이었다. 몸이 멀쩡한 자들도 충격에 내장이 뒤집혀 사망한 상태였다.

"아폴론이 올 줄 알았건만……."

누군가가 아킬레우스의 옆을 태연히 지나갔다. 접근을 전혀 눈치채지 못한 아킬레우스는 흠칫하여 목소리의 주인을 돌아봤다.

그의 차가운 눈과 아킬레우스의 눈이 마주했다.

"졸개가 왔군."

말을 툭 던진 그 흰색 코트의 남자는 아킬레우스에게 등을 보인 채 마리아와 오크가 있는 곳으로 계속 걸어갔다.

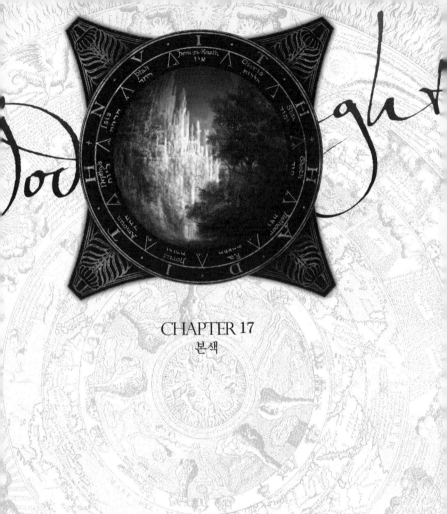

CHAPTER 17
본색

'라디언트님!'

올리버는 기도하듯 땅에 이마를 대고 안도했다.

"우어어어!"

그를 향해 트롤들이 활시위를 당기고 오크들이 돌격했다.

휀의 눈에서 푸르스름한 빛이 흘러나왔다.

그는 같은 입장에 있는 리오를 '상당히 비효율적인 남자'라고 평한다. 단 한 번뿐이지만 리오 본인 앞에서 대놓고 그 말을 한 적도 있다.

두 번 이상 말하지 않은 이유는 그냥 귀찮아서였다.

아무튼 그가 말한 '비효율'은 힘의 사용 방법을 말하는 것이었다. 수준 이하의 적들을 굳이 검으로, 그것도 박력 넘치게 때려죽일 이유가 있냐는 것이다.

그를 증명하기라도 하듯 휀이 힘을 발휘하는 순간 오크와 트롤들이 이상한 위압감에 눌려 모조리 발을 멈췄다.

휀을 향해 날아가던 트롤의 화살들까지도 한 폭의 그림처럼 도중에 멈춰 움직이지 않았다.

검을 뽑은 그는 자신의 앞쪽에 정지한 화살들을 가지치기하듯 털어냈다. 뒤이어 본인들의 의도와 관계없이 그의 길을 막고 있는 적들도 툭툭 쳐냈다.

검술이라고 부르기도 민망할 정도의 동작이었다. 그러나 오크와 트롤들은 그 간단한 동작에 장난감처럼 튕겨 나가 저 멀리 떨어졌다. 더불어 살아남은 자는 아무도 없었다.

동료들의 그런 허무한 죽음을 본 오크들은 어떻게든 움직이기 위해 힘을 주고 덜덜 떨었으나 그들을 억압한 힘은 가볍지 않았다.

필요한 자들만 쳐내고 걸어간 휀은 마리아를 추행하려던 오크들 앞에 멈췄다.

역시나 위압당하고 있던 오크들 중 한 명이 가까스로 입을 열었다.

"전쟁터의 사내들에게는 흔한 일이다!"

소리친 오크의 턱이 경련을 일으켰다. 휀의 검끝이 그의 이마 정중앙을 꿰뚫고 있었다.

"죽음도 흔하지."

그는 다른 오크들의 머리도 힘들이지 않고 툭툭 날렸다.

주변을 정리한 휀은 반라(半裸)가 된 채 의식을 되찾지 못하고 있는 마리아를 봤다. 그녀가 혼절해 있는 이유는 직접적으로 험한 일을 당한 탓이 아니라 말에서 떨어질 때 힘을 너무 많이 소모한 탓이었다.

어린 흡혈귀인 그녀가 지친 상태에서 자기 자신과 리즈를 모두 보호하는 것은 그만큼 무리가 있었다.

휀은 그녀에게 코트를 던져 주었다. 사정 봐주지 않고 그냥 던진 것이기에 마리아는 코트에 머리가 감춰지고 발이 드러나는 불길한 모습이 되었다.

그는 아까 자신에게 모여들다가 발이 묶인 적들을 향해 왼손을 뻗었다. 그의 등판 뒤로 그의 키보다 더 큰 고리 모양의 빛이 맺혔다. 그 빛은 어깨와 팔, 손을 차례로 지나 적들에게 뿜어졌다.

연황색의 그 위력적인 광선은 휀이 땅을 밟기 전 공중에서 오크들을 덮쳤던 것과 똑같았다.

지면을 살짝 스치는 빛의 충격이 땅에 엎드려 있는 올리버를 괴롭혔다.

장기가 흔들리는 느낌에 구토 직전까지 몰렸던 젊은 기사는 마지막으로 리즈를 붙잡은 오크까지 검으로 정리하는 휀을 가만히 지켜봤다.

'우리가 저 남자의 능력을 의심했다 이거군.'

방금 구원을 받은 탓에 올리버는 그저 감탄할 뿐, 휀이 왜 굳이 자신들을 서쪽으로 보냈는지에 대해서는 의심하지 않았다.

휀이 아킬레우스를 향해 걸어갔다. 아킬레우스는 방패의 손잡이를 고쳐 쥐며 맞서 다가갔다.

'과연 빛을 지배하는 자. 아폴론님의 본래 능력에 비할 바는 아니지만 기량이 훌륭하군.'

올림포스 영웅의 늘씬한 팔 근육이 긴장과 이완을 반복했다. 그 탄력은 동물들 사이에서도 볼 수 없을 만큼 생생했다.

'하지만 검술은 어떨까?'

그가 검으로 상대를 찌르거나 손목만 이용해 툭 건드리는 것 외엔 보지 못한 아킬레우스는 상당한 자신감을 갖고 있었다.

아킬레우스가 턱을 위아래로 움직여 휀을 도발했다.

"기계처럼 실속있게 오크들을 죽이더군."

"곧 너에게도 적용될 실속이다."

휀이 아킬레우스에게 왼 손바닥을 보였다.

그가 광선을 쏘는 속도를 눈에 익혀뒀던 아킬레우스는 상대의 자세가 바뀌는 것을 보자마자 쏜살같이 뛰었다.

순간 아킬레우스의 눈앞이 하얗게 빛났다.

'아니?

오크들을 상대할 때와는 전혀 다른 속도와 위력의 광선이었다.

아킬레우스를 집어삼킨 빛이 대폭발을 일으켰다. 리즈와 마리아, 올리버가 땅 위로 튕겨 오를 정도의 충격이 흙을 밀어내며 사방으로 퍼졌다.

휀은 빛의 방출을 멈춘 즉시 검으로 눈앞의 흙먼지를 찔렀다. 쩌렁한 금속성 소음이 올리버를 또다시 괴롭게 만들었다.

그 소리에 리즈와 마리아도 눈을 떴다.

리즈는 쩌렁쩌렁 울리는 머리를 붙잡고 윗몸을 일으켰다.

'어라……?

마찬가지로 인상을 찡그린 채 일어난 마리아는 자신의 가죽드레스가 엉망인 것에 화들짝 놀라 눈앞에 보이는 코트로 앞을 가렸다.

'악! 뭐야! 뭐냐고!

머리색만큼이나 얼굴이 달아오른 그녀는 리즈보다 조금 늦게 휀을 발견했다.

휀은 아킬레우스의 방패를 검으로 찌르고 있었다. 거울처럼 말끔하게 닦인 아킬레우스의 방패는 휀이 방출한 빛의 여력을 품은 채 이글거렸다.

"화장용 거울치고는 크군."

휀의 감상에 아킬레우스가 발끈했다.

"거울이라 하지 마라! 헤파이스토스님께 받은, 메두사의 저주조차도 반사시킨 올림포스의 보물이다!"

팔에 힘을 주어 휀을 밀어낸 아킬레우스는 곧바로 도약하여 상대의 머리를 향해 검을 내질렀다.

고개를 옆으로 젖혀 아킬레우스의 공격을 아슬아슬하게 피한 휀은 파리를 쫓듯 빛이 맺힌 검으로 아킬레우스를 후려쳤다.

빛의 입자들은 촘촘하고 날카로웠다. 그 입자 하나하나가 아킬레우스의 방패를 무서운 기세로 때렸다.

검에 맺힌 입자들은 베기 위한 것이 아니라 가시를 박은 몽둥이처럼 상대를 잡아 뜯기 위한 물건이었다.

그러나 입자들은 방패에 부딪치자마자 사방으로 반사되고 말았다.

휀은 상관없다는 식으로 입자들을 생산하며 아킬레우스를 계속 후려쳤다. 그가 방패의 능력에 당황할 줄 알았던 아킬레우스는 역으로 당황하여 차츰 기세를 잃었다.

"거울도 보물의 범주 안에 들 수 있지."

휀이 다시 한마디를 했다. 그는 표정만 차가울 뿐, 입으로 는 심장을 긁는 도발을 계속 내놓고 있었다.

분노한 아킬레우스가 방패를 좌우로 빠르게 휘둘렀다.

징검다리를 거꾸로 건너듯 뒤로 툭툭 뛰어 방패 공격을 피 한 휀은 자신을 향해 뛰어오는 아킬레우스를 뻣뻣한 자세로 지켜봤다.

높게 도약한 아킬레우스가 휀의 머리쪽으로 찌르기를 시 도했다.

큰 동작 없이 검으로 공격을 받아낸 휀은 아킬레우스의 검 끝을 봤다. 깊이가 얕긴 했지만 아킬레우스의 검은 휀의 보호 복과 피부를 파고들고 있었다.

아킬레우스가 방패로 휀을 밀치려 했다.

공격이 제대로 나오기 전에 팔꿈치로 방패를 때린 휀은 아 킬레우스의 발차기가 연이어 밀려들어 오자 처음에 방패 공 격을 피할 때처럼 뒤로 뛰어 거리를 벌렸다.

"흠."

휀은 짧은 한숨을 쉬었다. 어깨의 부상과 보호복의 손상 부 위가 연기를 내며 회복되었다.

상대의 무표정이 어쨌든 간에 자신이 싸움을 압도하고 있 다고 판단한 아킬레우스는 자랑하듯 검을 높이 들어 올렸다.

"난 네오 올림포스의 아킬레우스! 반신반인의 영웅이자 네

놈의 목을 가져갈 자다! 빛의 힘을 가진 자여, 네놈의 이름을 말하라!'

휀은 들고 있던 검을 땅에 쿡 박은 뒤 왼손으로 자신의 오른 손목을 붙잡았다. 그 상태로 오른손을 까딱거리는 것이 아킬레우스에게는 매우 도발적이었다.

"졸개에다 반신반인이라. 그럼 신보다 죽이기 쉽겠군."

"뭣이?"

그가 당연히 이름을 말할 것이라 생각했던 아킬레우스는 대단히 불쾌한 표정을 지었다.

"그 방패는 새것인가?"

그의 지적에 방패를 든 아킬레우스의 왼팔이 꿈틀했다.

"빛이 두려워서 그 방패를 가져왔다면 버리는 것이 좋다. 그래도 싫다면 핸디캡을 걸어주지."

"핸디캡?"

아킬레우스에게는 처음 듣는 용어였다.

휀이 다시 검을 들었다.

"검을 써주마. 졸개 아킬레우스."

"으음……!"

그보다 더한 조롱과 욕설을 전쟁터에서 숱하게 들어왔던 아킬레우스는 입술을 씹으며 마음을 다스렸다.

휀이 사용하는 장검은 '플렉시온'이라는 이름을 갖고 있었다.

휀 스스로가 그 검의 이름을 남에게, 특히 적에게 말하는 경우는 없기 때문에 인연이 짧은 자들의 대부분은 끝까지 검의 이름을 모르고 그와 헤어진다.

리오의 디바이너와 마찬가지로 사용자에게 맞춰 설계된 그 물건은 검 자체에서 공격성의 빛을 발산할 수 있을뿐더러 칼날을 통해 휀이 가진 빛의 힘을 손실없이 방출할 수도 있었다.

휀은 빛의 힘을 이용한 중장거리 공격에 능하며 대부분의 적들은 그 힘으로 소탕이 가능하다. 실제로 그의 검술을 제대로 맛보고 사라지는 자들은 거의 없었다.

그 때문인지 그의 검술이 상대적으로 형편없다고 예상하는 자들이 있지만 그것은 대단한 오해였다.

그 증거로, 리오가 검술로서 휀을 따라잡았다고 평가된 것은 극히 최근의 일이었다.

이번에는 휀이 먼저 아킬레우스에게 접근했다.

뛰어오는 것인지, 날아오는 것인지 분간이 안 될 정도로 빠른 그의 돌진에 아킬레우스는 재빨리 방패를 들어 휀의 검을 막아냈다.

'가볍다?'

그의 머릿속에서 이 정도면 별것 아니라는 생각과 뭔가 위험하다는 생각이 엄청난 속도로 교차했다.

아킬레우스의 피부에 곱게 난 솜털이 위험을 직감하고 바짝 일어났다.

전투로 단련된 그의 초감각이 뒤편에서 검을 추켜올리는 휀의 모습을 전달해 주었다.

아킬레우스는 황급히 돌아서서 방패를 들었다. 방패에 들어온 충격으로 인해 그의 상체가 뒤로 젖혀졌다.

여태까지와는 전혀 다른 무게감이었다.

그와 비슷한 공격이 아킬레우스를 향해 연달아 들어왔다.

휀의 검은 느릿느릿하면서도 보기보다 빠르고 파괴력이 넘쳤다. 휀의 성격 그대로 과정보다는 결과를 중시하는 검술이라 할 수 있었다.

그런 공격이 아킬레우스의 전후좌우와 상하로 정신없이 들어왔다.

싸움을 지켜보던 셋의 눈에는 칼날이 남긴 황색의 잔광밖에 보이지 않았다.

"잊은 게 있군."

중얼거린 휀이 아주 큰 자세를 잡으며 뒤로 물러났다.

아킬레우스는 절호의 기회라 판단하고 휀의 다음 동작이 나오기도 전에 도약하여 그를 찔렀다.

아킬레우스의 검이 휀의 머리를 관통했다. 그가 웃으려는 찰나, 가만히 있던 휀이 빛의 입자로 변하여 사그라졌다.

눈을 부릅뜬 아킬레우스의 뒤쪽에서 휀이 나타났다.

그는 아킬레우스의 투구 뒤쪽을 누르듯 붙잡았다. 아킬레우스는 상대가 그대로 자신의 목이나 몸을 찌를 것이라 예상했다.

아킬레우스의 어깨갑옷이 공중으로 튀어 올랐다.

딱 그것뿐이었다.

휀은 아킬레우스의 투구를 놓은 뒤 그의 치마 비슷한 갑주를 발로 밀었다.

땅에 손을 짚고 엎드리게 된 아킬레우스는 갑옷이 사라져 드러난 자신의 어깨를 봤다. 그쪽은 아까 자신이 휀을 찔렀던 곳이었다.

"하하하하!"

아킬레우스가 갑자기 웃었다.

그가 일어나서 휀을 돌아봤다. 투구 속의 녹색 눈동자가 잔뜩 흥분되어 밝게 빛났다.

"과연, 아폴론님의 몸을 한 번 부순 자! 반란분자들이 만든 세계에서 그대와 같은 투사를 만나다니, 기쁘기 그지없구나!"

아킬레우스는 자세를 숙인 뒤 방패로 앞을 단단히 막았다.

"이제 이 아킬레우스는 육체에 대한 미련을 버리리라!"

그의 몸이 생기를 잃고 대리석처럼 하얗게 탈색되었다. 반면 힘의 세기는 대폭 증가했다.

휀은 탐탁지 않은 표정으로 플렉시온을 고쳐 쥐었다.

그의 눈앞에 아킬레우스가 나타났다. 증가된 힘에 걸맞은 신속이었다.

아킬레우스 특유의 기술인 도약 후 찌르기가 몸을 숙인 휀의 어깨 너머로 지나갔다.

찌르기가 완벽히 터지는 순간 리즈와 올리버, 마리아의 눈에도 보일 만큼 큼지막한 충격파가 땅을 긁었다.

폭음과 충격에 놀란 셋은 그 직후 상상도 못했던 광경을 목격했다.

굵직한 소나기가 땅을 때리듯 사방의 흙바닥이 굉음을 내며 후두둑 파였다.

리즈와 올리버는 그것이 무슨 자국인지 궁금했다. 반면 그들보다 시력이 조금 더 좋은 마리아는 몸을 덮고 있는 휀의 코트를 꽉 잡으며 숨을 죽였다.

휀과 아킬레우스는 마리아의 시야를 가득 채울 만큼 엄청난 양의 잔상을 남기며 고속의 전투를 벌이고 있었다.

"하늘을 날지는 못하는 것 같군."

검이 오락가락하는 와중에 휀이 중얼거렸다. 전력을 다해 공격과 방어를 계속하던 아킬레우스가 흠칫했다.

휀이 플렉시온을 두 손으로 잡고 아킬레우스를 후려쳤다. 그가 이번 전투에서 검을 그렇게 잡은 것은 처음이었다.

극단적인 파괴력 변화에 못 이겨 아킬레우스의 방패가 젖혀졌다. 아킬레우스가 자세를 바로 하기도 전에 휀이 다시 한번 검으로 그를 올려쳤다.

아킬레우스의 갑옷이 산산조각 나면서 그의 몸뚱이가 하늘로 솟았다. 휀의 말대로 하늘을 나는 재주까지는 없었던 아킬레우스는 당황했다.

플렉시온을 바닥에 던지듯이 꽂은 휀은 오른손을 상대에게 뻗었다.

"방패의 성능을 다시 보도록 하지."

그의 등에서 거대한 빛의 고리가 떠올랐다. 아직도 떠오르는 중이었던 아킬레우스는 헤파이스토스가 준 거울방패로 휀의 빛이 날아올 방향을 막았다.

빛의 고리가 한차례 더 커지더니 고리 주변에 수많은 문장들이 떠올랐다. 그 가지각색의 문장들은 현재의 신계에 존재하는 상급 빛의 신들의 인장(印章)이었다.

준비를 마친 그가 슬슬 떨어지는 아킬레우스를 향해 오른손을 내밀었다.

휀의 오른손에서 왈칵 터진 빛줄기가 아킬레우스를 향해 일직선으로 뻗어나갔다. 그 두께와 기세는 휀이 여태껏 날려 보냈던 광선들을 조촐하게 보이게끔 만들 정도였다.

아킬레우스를 덮친 광선은 하늘 끝까지 날아갈 것만 같았다. 그러나 그 빛은 아킬레우스가 있던 지점보다 조금 위쪽에서 흩어져 사방으로 꺾였다.

꺾인 광선들은 지면에 떨어져 큰 폭발을 일으켰다. 리즈 일행이 없는 곳으로 떨어져서 다행이었다.

휀의 공격을 완벽하게 막아낸 그 방패는 방금 만든 거울처럼 맑게 빛났다.

방패를 들고 착지한 아킬레우스는 회심의 미소를 지었다.

"네 빛은 이 방패를 이기지 못했다!"

휀은 다시 검을 들었다.

"그 방패, 헤파이스토스가 만들었다고 했나?"

"그렇다! 올림포스 12신이자, 위대한 네오 올림포스의 최고 간부이신 헤파이스토스님의 작품이다!"

"과연 훌륭하군. 방패에 대해 과소평가한 것을 사과하지."

"드디어 주제를 알았군."

아킬레우스는 검을 똑바로 들고 휀에게 다가갔다.

"이름을 밝히지 않은 투사여, 이제 목을 내놔라."

그의 걸음걸이가 점점 빨라졌다. 그에 맞춰 리즈 일행의 눈앞이 절망으로 깜깜해졌다.

하지만 휀의 표정에는 변화가 없었다.

"나는 예의에 관해 얘기했을 뿐인데?"

그의 말에 아킬레우스가 걸음을 멈췄다.

"계속 저항하겠다는 말인가? 너는 나와 이 방패를 깰 수 없다!"

"방패의 성능은 인정한다. 정보대로 메두사의 능력마저 무력화시킬 가치는 확실하군."

순간 휀이 날아가듯 돌진했다. 그의 왼손에 빛이 맺히자 아킬레우스는 반사적으로 방패를 들었다.

그러나 빛은 없었다. 휀은 왼손으로 방패의 위쪽을 붙들었다.

아까 검을 양손으로 잡았던 것처럼 방패를 잡는 행위 역시 여태껏 단 한 번도 보여준 적이 없는 행동이었다.

빛에 의한 공격과 단발성 위주의 검술, 그리고 자신과 맞먹는 그의 속도에만 익숙했던 아킬레우스는 당황한 나머지 지금까지 쌓은 풍부한 경험을 한순간에 잊고 말았다.

방패가 젖혀지자 그 뒤에 도사리고 있던 휀의 눈빛이 아킬레우스의 눈에 들어왔다.

"좋은 것은 가져야 하는 법이지."

"윽!"

방패를 완전히 젖혀 버린 휀은 플렉시온의 끝을 아킬레우스의 왼팔에 댔다. 플렉시온 안에 충전된 빛이 칼날을 타고 내려가 아킬레우스의 팔에 꽂혔다.

돌이 깨지는 소리와 함께 아킬레우스의 왼팔이 떨어져 나갔다.

"크아아악!"

아킬레우스는 비명을 지르며 뒷걸음질쳤다.

휀은 빼앗은 방패를 땅에 내려쳤다. 방패를 붙잡은 채 굳어진 아킬레우스의 팔뚝이 그 충격을 못 이기고 바닥에 툭 떨어졌다.

"좋은 방패군."

중얼거린 그는 아킬레우스의 팔뚝을 짓밟아 으깼다. 대리석 가루와 그 파편이 땅 위에 흩어졌다.

아킬레우스가 이를 갈았다.

"네 이놈!"

그의 눈이 강하게 발광했다. 휀에게 깨진 아킬레우스의 팔뚝이 개미떼처럼 땅 위를 움직여 주인에게 돌아갔다.

팔을 다시 복구시킨 아킬레우스는 몸 이곳저곳에 금이 가는 와중에도 투지를 드러냈다.

"나는 불사신! 저승의 강에 몸을 담가 삶과 죽음의 사이에 서 있는 존재! 나는 아킬레우스다!"

"발뒤꿈치는 어떨까?"

아킬레우스가 움찔했다.

"트로이 전쟁에서 너는 파리스라는 자가 쏜 아폴론의 화살을 발뒤꿈치에 맞고 죽었다. 아폴론과 사이가 안 좋을 수밖에 없겠지."

"그것이 어떻다는 것이냐!"

"너의 한계다."

휀이 그를 향해 왼손을 뻗었다.

"옛 신계에 대한 정보는 현재 신계에서 완전히 금기로 취급된다. 하지만 보관된 정보는 세부적이지. 너의 그 약점뿐만 아니라 성격과 싸울 때의 버릇, 그리고 네가 약점이라 생각하지 않은 약점까지도 모조리 파악되어 있다는 뜻이다."

휀은 광선 두 발을 시간차를 두고 쐈다.

첫 번째 광선을 피한 아킬레우스는 자신의 이동속도와 간격을 정확히 예측하고 들어온 두 번째 광선에 가슴 한복판을 맞았다.

"으윽!"

아킬레우스는 자신의 모든 것이 이미 파악되어 있다는 말을 도저히 인정할 수 없었다.

그러나 그의 저항을 받아줄 상대는 시야에 없었다.

강렬한 소음이 아킬레우스의 가슴을 꿰뚫었다. 어느새 그의 등 뒤로 돌아간 휀이 플렉시온으로 그 등과 가슴을 깊숙이 찌르고 있었다.

"네가 오해했던 사실을 알려주지. 사실 발뒤꿈치는 네 약점이 아니다. 단지 아폴론의 화살이 강했던 것뿐이지."

"…뭐라고?"

"반신반인 졸개가 신보다 강할 리가 없지 않나?"

"으……!"

휀과 맞붙기 전에 그와 비슷한 말을 들었던 아킬레우스는 온몸에 금이 가는 고통 속에 격분했다.

"네놈! 네 이놈……!"

"약점에서 벗어나도록. 영원히."

플렉시온에서 폭발한 빛이 아킬레우스의 몸을 완전히 박살 냈다.

생기를 완전히 잃고 대리석 덩어리들로 변한 아킬레우스는 땅에 툭툭 덧없이 떨어졌다.

플렉시온에 묻은 돌가루를 털어낸 휀은 마리아에게 준 코트를 봤다. 마리아가 그의 시선에 바짝 긴장하는 찰나, 코트에 매달려 있던 플렉시온의 칼집이 솟아올라 휀에게 날아갔다.

'아버님께 들은 기억이 나.'

마리아는 아킬레우스에게서 강탈한 거울방패를 들고 자신들에게 다가오는 휀을 뚫어지게 봤다.

'신계에서 가장 잔인하게 빛을 사용하는 남자. 신을 격퇴

하는 권능의 소유자. 가장 위대한 신이 다스리는 전투 집단의
리더.'

그녀는 자신이 쥐고 있는 코트를 봤다.

'하얀 코트를 입은 빛의 황제……'

그녀의 작은 몸이 파르르 떨렸다. 전설로만 들어왔던 무시
무시한 존재가 눈앞에 있을지도 모른다는 느낌이 어린 흡혈
귀를 흥분시키고 있었다.

휀이 걸음을 멈추고 뒤를 봤다.

바닥을 굴러다니던 아킬레우스의 투구와 넝마가 된 갑옷
이 서서히 일어나고 있었다.

그것들을 지탱하는 것은 가까스로 뭉쳐 있는 대리석 가루
들이었다.

"이 치욕… 언젠가 반드시 갚겠다!'

휀은 방패를 잠깐 보더니 그것으로 햇빛을 반사시켜 아킬
레우스에게 쪼여주었다.

아킬레우스의 입장에선 완벽한 능욕이었다. 그러나 자신
이 처한 입장을 잘 알고 있는 영웅은 흰색의 돌풍이 되어 어
딘가로 사라졌다.

아킬레우스가 물러간 것을 확인한 휀은 산책을 나갔다 온
사람처럼 태연히 걸음을 옮겼다.

"귀환한다."

그가 리즈에게 말했다.

"하지만 말을 잃어버렸습니다."

"오크들의 것을 써야겠지."

"오크 냄새는 싫사옵니다만."

휀의 코트로 몸을 감싼 마리아가 하소연했다.

'싫사옵니다만?'

리즈와 올리버는 아연실색했다.

그들은 마리아가 케롤에게도 그런 말투를 쓰지 않았음을 알고 있었다.

'자존심을 저렇게 버릴 줄이야.'

올리버는 그녀가 한심했다.

"그럼 걷던가."

"한 번쯤 걷는 것도 좋겠지요."

리즈와 올리버의 태도도 싹 바뀌었다.

셋 다 휀 앞에 바짝 모여 있는 것이 정찰을 나가기 전과는 전혀 다른 모습이었다.

*   *   *

일정대로 식량을 다 소비한 뒤 저택으로 돌아온 하이엘바인은 할 말을 잃었다.

'이 상황은 대체 뭐란 말인가?'

거실의 벽난로 위에는 거울처럼 맑은 방패가 낯설게 걸려 있었다. 사실 겉으로 바뀐 점은 그것뿐이었다.

그러나 중요한 것은 인테리어가 아니었다.

거실의 상석에 앉아 차를 마시는 휀의 곁에 리즈를 비롯한 민병대 전원이 마치 그를 숭배하듯 나열해 앉아 있었다.

하이엘바인은 휀에 대해 적지 않은 불만을 드러냈던 그들이 그렇게 배신에 가까운 태도를 보이는 이유가 궁금했다.

거실 입구에 멍하니 서 있는 하이엘바인에게 클라라가 후다닥 달려왔다.

"전투!"

"오냐, 클라라. 다녀왔단다."

폴짝 뛰어 하이엘바인에게 안긴 그 장난감 병정은 손으로 벽난로 위에 걸린 방패를 가리켰다.

"전투, 전투."

"전리품이라고?"

휀과 리즈들이 자리에서 일어나 그녀를 맞이했다.

"오셨습니까, 하이엘바인님."

휀이 먼저 인사를 했다. 출발할 때와 달리 매우 정중했다.

"오셨습니까!"

리즈와 민병대들이 뒤이어 꾸벅 인사했다.

'벌써 조직화되어 있지 않은가!'

그녀는 경악했다.

"쉬시겠습니까, 아니면 결과 보고를 들으시겠습니까?"

휀이 물었다.

"괘, 괜찮다면 잠깐 씻고 오겠네."

"알겠습니다."

하이엘바인은 저택의 목욕탕으로 향했다.

도중에 있는 계단에서 마침 1층으로 내려오던 리오와 루이체, 쑤밍과 만난 그녀는 인사도 받기 전에 거실을 손가락으로 마구 가리켰다.

"어찌 된 건가? 집단 최면이라도 길어버린 건가?"

그녀가 속삭이듯 물었다.

"휀만의 방법이지요."

리오가 씩 웃었다.

"방법? 이용하느니, 인질이라느니 하던 남자가 순식간에 저런 대우를 받을 수 있는 방법이 있단 말인가?"

"이용하느니 어쩌니 해도 다들 멀쩡히 살려서 데려오지 않았습니까?"

"그렇긴 하네만……."

"왠지 강해 보이면서도 악독한 자가 실은 자신들의 아군이라는 사실을 확인하는 순간, 대중들은 이상한 희열감을 느낄 때가 있습니다. 휀이 자주 써먹는 방법이지요."

리오의 설명에 하이엘바인은 어이가 없었다.

"그렇다고 리즈님과 다른 이들을 사흘 내내 사지로 내몰 필요는 없지 않은가? 전리품이 있다는 걸 보니 분명 전투가 있었던 것 같네만!"

"그 사흘 내내 휀은 저택에 없었습니다."

"엉?"

"정확히는 리즈 일행이 출발할 때부터 없었습니다. 아마도 리즈 쪽을 따라다녔겠지요."

"말도 안 되네!"

그녀는 품에서 휀이 줬던 흰색 막대를 꺼내 흔들었다. 흰색의 영롱한 빛이 막대의 움직임에 맞춰 흔들렸다.

"그럼 이건 뭐란 말인가!"

"아, 그건 그냥 야광물질입니다."

"……"

하이엘바인의 어깨에서 힘이 쑥 빠졌다.

"자네 도대체 어디까지 알고 있었나?"

"휀이 하도 자주 써먹는 방법이라……."

"그럼 미리 얘기를 해줬으면 괜찮았지 않나?"

그녀가 하소연했다.

"치졸한 심리전이라고 해도 서로 건드리지 말아야 할 부분은 있으니 어쩔 수 없었습니다. 죄송합니다."

설명을 들은 하이엘바인은 잠시 숨을 멈췄다가 일시에 내뱉었다.

"이, 일단 좀 씻고 오겠네."

"알겠습니다."

방에 짐을 다 내려놓고 목욕탕으로 들어간 하이엘바인은 큰 통에 담긴 뜨거운 물을 들고 뒷마당으로 달려가는 클라라와 마주쳤다.

뒷마당에는 하이엘바인을 태운 채 여태껏 걷고 달린 스트라케가 있었다. 덩치로 인해 목욕탕에 들어오지 못하는 친구를 위한 클라라의 마음씀씀이었다.

욕실에서 나온 하이엘바인은 휀이 앉아 있던 중앙 테이블의 상석을 권유받았다. 그 자리에 앉은 하이엘바인은 탁자 위에 자랑스레 올라와 있는 방패를 흘끔 봤다.

"어디서 난 방패인가? 꽤 고급스러워 보이네만."

"아킬레우스라는 자에게서 얻은 전리품입니다."

휀의 대답이었다.

"으음."

방패를 계속 바라보던 하이엘바인의 앞에 케이크와 과즙음료가 차례로 놓였다. 그것을 만들고 가져온 케롤은 서비스 정신이 충만한 미소를 치었다.

"드세요, 하이엘바인님. 리오님의 부탁으로 특별히 만들었답니다."

"오, 오오. 고맙네."

정찰 기간 내내 사냥과 취식을 틈틈이 한 그녀는 며칠 전처럼 배가 고프진 않았다. 하지만 케이크의 노란 속살과 하얀 크림, 그리고 향의 유혹에서 벗어나진 못했다.

포크로 케이크의 끝을 잘라 입에 넣은 그녀가 화들짝 놀랐다.

"맛있군! 지금까지 내가 이 저택에서 먹은 케이크는 대체 뭐였단 말인가!"

그 케이크를 만들어온 장본인, 루파의 안색이 파랗게 됐다.

리오가 하이엘바인의 옆자리, 그러니까 휀과 마주 보는 자리에 앉았다. 루이체와 쑤밍은 바깥쪽의 작은 테이블에 앉아 그녀와 리오 쪽을 바라봤다.

"이제 보고를 드리겠습니다."

"아, 그러게."

보고라고 해봤자 아킬레우스에 대한 이야기뿐이었다. 휀이 실제로 비중을 둔 것은 방패였다.

"이 방패는 오래전에 명계에서 일을 하다가 실종된 옛 신, 헤파이스토스가 직접 만든 물건입니다. 그는 올림포스 12신의 한 명으로서, 무에서 유를 만드는 능력은 없지만 온갖 물건으로 뭔가를 만드는 것에는 따라올 자가 없었습니다. 방패의 성능은 그만큼 보장된다고 볼 수 있습니다."

"그런가?"

하이엘바인은 방패를 들어 세심하게 살폈다. 그녀의 눈동자가 황금색으로 변했다.

"재료 자체는 고급스럽지 않지만 표면 처리가 대단히 훌륭하군. 하지만 올림포스 시대에서 여태까지 존재해 온 물건이라고 생각되진 않네만?"

그녀가 추산한 방패의 제작 시기는 꽤 최근이었다.

"아킬레우스는 그 방패를 메두사가 활동하던 시기의 것으로 알고 있었습니다만 아마도 진품은 아닐 것입니다. 헤파이스토스가 자신의 기억을 토대로 다시 제작한 복제품일 가능성이 높습니다."

"복제품이라."

단순히 복제품이라고 하기엔 질이 너무 좋아 보였다. 하이엘바인은 테이블 표면에 손상이 가지 않도록 방패를 곱게 내려놓았다.

"이 정도라면 아폴론의 화살도 두어 번은 막아낼 수 있겠군."

"예? 그 정도입니까?"

그녀의 진단에 리즈가 의문을 표했다. 그냥 빛을 반사시키는 것뿐인데 무슨 문제가 있겠냐는 생각이었다.

"그렇소, 리즈님. 빛을 이용한 공격은 보기보다 여러 가지 성질을 가진다오. 뜨거운 열, 물질과 반물질의 충돌, 물리적 타격 등등, 가지각색이라오."

"아……."

"아폴론의 화살은 신이 내리는 죽음의 선고와 강력한 물리적 파괴력이 복합되어 있다오. 방패는 무생물이니 선고가 통하지 않지만 충격은 그냥 받아내야 하기 때문에 깨져 버릴 것이오."

그녀는 방패를 검지의 관절로 두드렸다.

"그리고 이 방패는 이미 한 번 이상의 과도한 충격을 받은 상태라오. 파괴력만큼은 내가 봤던 아폴론의 화살과 맞먹는 공격을 받은 것 같은데, 어떻게 된 것이오?"

그녀가 되물었다.

"아마 그 충격이 땅에 박혔다면 이 도시가 날아갈 정도의 분화구가 생겼을 것이오. 그런 위험한 상황에서 정말 잘 돌아오셨소이다."

리즈와 올리버, 마리아는 휀이 아킬레우스를 공중에 날리고 쐈던 엄청난 빛줄기를 떠올렸다.

'우리들을 위해서 하늘로……!'

셋의 감동이 깊어졌다.

"역시, 라디언트님은 덕이 깊은 분이셨군요! 존경하옵니다!"

마리아가 그의 팔을 붙잡고 아양을 떨었다. 휀은 목석처럼 꿈쩍도 안 했다.

하이엘바인은 눈꼴이 시렸다.

[혹세무민이군.]

그녀가 리오에게 정신감응을 보냈다.

[비슷하지요.]

리오가 미묘한 미소를 지었다.

[이제 니블헤임으로 가실 차례입니다. 내일 출발할 예정인데, 괜찮으시겠습니까?]

[걱정 말게. 사흘 내내 하루 종일 사냥을 하고 고기를 먹어서 몸을 만들어놨다네.]

리오가 슬그머니 그녀를 봤다.

[하루 종일 말씀이십니까?]

하지 말아야 할 말을 해버린 하이엘바인의 얼굴이 이윽고 홍색이 됐다.

[무, 물론 정찰도 게을리하지 않았네! 사실일세!]

[예, 뭐, 그러시다면.]

리오는 불을 피우면서 무슨 정찰이냐며 묻고 싶었지만 참았다. 자신 이상으로 뛰어난 그녀의 감지 능력과 뒷수습 능력

때문이었다.

또 꾸중 아닌 꾸중을 들어버린 하이엘바인은 두 손으로 얼굴을 단단히 감쌌다.

다음날 아침, 리즈를 비롯한 사람들과 작별 인사를 나눈 리오 일행은 휀과 마지막으로 얘기를 나눴다.

그는 미리 갖고 왔던 예비용 교신기 두 개를 하이엘바인과 루이체에게 각각 건넸다.

남들이 교신기를 쓰는 모습을 그냥 구경만 해왔던 하이엘바인은 자신만의 교신기를 얻게 되자 매우 즐거워했다.

"아, 이 손에 걸리는 촉감! 아버님과 오딘님께 생일선물을 받았을 때만큼 기분이 좋군!"

"보통 무슨 선물을 받으셨는데요?"

루이체가 물었다.

"무기란다!"

그녀가 밝게 웃었다.

루이체를 포함한 주변 사람들의 분위기가 잠시 이상해졌다.

뒤이어 교신기를 받은 루이체에게 휀이 말했다.

"교신기의 분실과 파손은 큰 문책 사유다."

"아, 알고 있어요."

"돌아가려면 지금뿐이다. 니블헤임의 영역에 들어가는 순간부터 일이 끝날 때까지는 무슨 짓을 해도 돌아갈 수 없다. 이것은 네 친구에게도 적용되는 문제다."

그가 쑤밍에게 눈짓을 줬다.

"이번엔 끝까지 가볼 거예요."

루이체의 말에 휀은 코웃음도 치지 않았다.

"담력 시험 정도로 생각하는군."

그의 일침에 루이체는 입술을 깨물었다. 그 상태로 일정 시간이 흘렀다.

"그럼 둘을 부탁드리겠습니다, 하이엘바인님."

"음? 아, 그러지."

휀의 부탁에 하이엘바인은 가볍게 다짐했다.

리오가 휀에게 시선을 뒀다.

'저것도 가식인가?'

그는 방금 휀의 '부탁'과 쑤밍이 앞서 말했던 금연에서 미약한 연관성을 느꼈다.

'아니겠지.'

리오는 모두와 함께 도시 바깥으로 걸어갔다. 그는 이 도시가 과연 하이엘바인이 돌아올 때까지 무사할지 궁금했다.

잠시 후, 모두를 등에 태운 쑤밍이 투명해진 상태에서 하늘로 날아올랐다. 그들을 볼 수 있는 스트라케와 클라라는 하이엘바인의 모습을 끝까지 지켜봤다.

*　　　*　　　*

휀과 아킬레우스가 대결하고 있을 무렵.

목축업으로 생계를 이어나가는 작은 마을의 주민 전원은 두려움에 휩싸여 집 밖으로 나가지 못했다.

정오 무렵부터 언덕 너머에서 갑자기 들리기 시작한 금속의 굉음이 주민들에게 공포를 안겨주고 있었다. 굉음뿐만 아니라 폭발로 인해 발생한 진동이 이따금씩 집을 흔들기도 했다.

목숨을 걸고 언덕 너머를 살피고 온 어린 목동들은 이윽고 주민들에게 그곳에서 무슨 일이 벌어지고 있는지 생생히 전달해 주었다.

"회색 피부의 남자와 철갑을 두른 남자가 싸우고 있어요!"

"단둘이?"

"예!"

마을 사람들은 당황했다.

"사람 둘이 싸우는 데 분위기가 왜 이래!"

"가보시면 안다고요!"

결국 사람들이 언덕 쪽으로 우르르 몰려갔다. 마을에 남은 사람들은 부녀자나 임산부뿐이었다.

사람들은 완만한 언덕 꼭대기에 바짝 엎드린 뒤 싸움을 구경할 수 있는 곳까지 기어갔다.

짧은 수풀이 융단처럼 깔린 곳이라 사정을 모르는 사람이 본다면 마을 사람들이 집단으로 언덕에 누워 노는 모습처럼 보이기에 딱 좋았다.

"우와……!"

가장 먼저 상황을 목격한 소년이 젖니가 빠진 지 얼마 안 된 입을 짝 벌리며 감탄했다. 다른 사람들도 차례로 탄성을 질렀다.

목동의 말대로 그 괴성과 충격의 주인공은 두 명의 사내였다.

빛바랜 은발의 그 남자는 인간이라고 생각되지 않을 만큼 두꺼운 회색 근육질을 가진 거인이었다.

손에 든 검은 도끼인지 검인지 구분이 안 갈 정도로 넓고 크고 두꺼웠다. 마수의 발톱처럼 굽어진 그 형태도 두려웠다.

그는 미친 사람처럼, 그것도 단순히 미친 것이 아니라 싸움에 굶주려 미친 사람처럼 눈을 뒤집은 채 검을 휘둘렀다.

'저 사람이 나쁜 사람이군.'

사람들은 그렇게 판단했다.

그럴 것이, 남자에게 공격받고 있는 철갑의 남자는 그 모습이 어딘지 모르게 훌륭했다.

사자의 머리를 본떠 만든 투구와 황금색, 적색, 검은색이 적절히 조화된 갑옷은 남자의 비율 좋은 체격과 어울려 영웅의 기상을 풍겼다.

손에 든 황금색 둔기는 무기로서의 본분에 어긋나지 않는 한도 내에서 각종 조각들이 새겨져 있었다. 크기 역시 회색 남자가 든 검에 밀리지 않을 만큼 컸다.

둘의 공방전으로 인해 주변 땅은 큰 전쟁이라도 난 듯 초목의 모습이 사라진 대신 몇 번이고 뒤집혀 나온 흙이 적나라하게 드러나 있었다.

마을에서 영물로 삼았던 곰 모양의 바위는 그 가루조차 보이지 않았다.

왜 그렇게 됐는지 설명하듯 회색의 남자가 큰 공격을 시도했다.

"크하하하!"

그의 큰 근육덩어리가 팽팽하게 긴장됐다.

그가 두 손으로 검을 잡더니 검을 위에서 아래로 휘둘렀다. 둔기로 공격을 막은 철갑의 남자가 충격에 몸을 웅크렸다.

철갑의 남자가 밟은 땅이 그의 두 발을 중심으로 푹 꺼졌다. 일격에 지형 자체가 변한 것이다.

철갑의 남자가 둔기를 옆으로 휘둘렀다. 회색의 남자가 공격을 막자마자 그의 뒤쪽 지표면이 부채꼴 모양으로 크게 깎였다.

마치 괴물들의 유희처럼 보였다.

"누가 이겨야 우리에게 좋은 거지?"

중년의 마을 남자가 중얼거렸다. 답은 아무도 내놓지 못했다.

그 다음날.

마을 사람들은 피곤한 얼굴로 집에서 나왔다.

괴물들의 싸움은 밤을 넘기고 그 다음날 아침까지 이어졌다. 사람들은 소음과 지진, 그리고 아기들의 울음소리로 인해 잠을 이루지 못했다.

"밤새 싸우다니."

이야기에서나 나올 법한 일이 실제로 벌어지자 마을의 노인들도 힘들어했다.

조금이나마 잠을 잔 사람들은 언덕에 자리를 잡고 사내들의 싸움을 구경하던 소년소녀들이었다.

밤새 싸움을 보다가 지쳐 잠든 그들은 자신들이 가장 위험한 곳에서 잠을 자고 있다는 사실도 잊은 채 코를 골았다.

얼굴에 주근깨가 잔뜩 박힌 소녀가 문득 눈을 뜨고 고개를 들었다. 그녀는 어제와 똑같은 기세로 치고받는 두 사내를 본 뒤 잠이 가시지 않은 눈을 비볐다.

"배도 안 고픈가?"

그녀의 말에 맞장구를 쳐줘야 할 소년들은 잠에서 헤어나지 못했다.

세 번째 날.

벌써 밤을 두 번이나 보냈음에도 불구하고 사내들의 싸움은 끝나지 않았다.

어젯밤을 고비로 이제는 우는 아기들은 없었다. 아기들이 그 정도이니 그보다 나이가 많은 사람들은 굳이 설명할 필요가 없을 것이다.

몇몇 목동들이 과감하게 소들을 끌고 마을을 떠났다. 마을을 버리고 가는 것이 아니라 일상적인 방목 행사였다.

부녀자들이 점심 식사를 준비하기 위해 아궁이에 불을 넣는 순간, 그 쇳소리와 지진이 어느 순간 뚝 멈췄다.

깜짝 놀란 주민들은 첫날처럼 언덕으로 우르르 몰려갔다. 이번에는 임산부를 제외한 부녀자들도 그 인파에 동참했다.

"누가 이겼을 것 같아?"

이겨서 그런 건지, 아니면 다른 이유로 전투가 중단된 것인지 확인할 수 없는 상황이었지만 인간의 본능은 어쩔 수 없었다.

"갑옷 남자?"

"아냐, 큰 칼! 큰 칼이 이겼을 거야!"

"나 큰 칼 싫은데."

"남자는 일단 커야 된다고 아빠가 그랬어!"

아이들은 상당히 들떠 있었다. 어른들도 내색하지만 않았을 뿐, 누가 이겼는지 궁금해 미칠 지경이었다.

하지만 사람들은 언덕 위에 올라가자마자 실망감을 감추지 못했다.

멀리 떨어져 앉은 두 남자는 마른 음식과 약간의 물을 곁들여 잠시 쉬고 있었다.

남자들은 어른과 아이 할 것 없이 씁쓸해했다. 그러나 여자들은 달랐다.

"우와."

여자들 모두가 감탄을 아끼지 않았다. 투구를 벗은 철갑의 남자 때문이었다.

그의 갈색머리는 땀에 젖어 있었다. 모양 좋은 쌍꺼풀이 매력적인 눈은 소년처럼 맑으면서도 어딘지 모르게 육감적이었다.

훌륭한 각도로 빗겨 내려진 콧날 밑으로 사내임을 증명하는 짧은 수염이 턱 아래까지 후춧가루처럼 뿌려져 있었다.

비록 먹는 것은 살짝 씹어도 부스러지는 마른 빵이었지만 상대에게 집중한 그의 눈빛은 길들여지지 않은 야수처럼 진지했다.

회색의 거인이 먼저 일어났다. 철갑의 남자도 곧장 일어나 투구를 썼다. 어둡기만 하던 투구의 눈구멍에서 황색의 눈빛 한 쌍이 번쩍 빛났다.

"아, 또 싸운다."

사람들은 다시 격돌하는 둘의 모습에 괴로워했다.

무덤덤한 4일째.

부녀자들은 일어나자마자 아이들을 챙기고 아침 식사를 준비했다. 소를 가진 가장들은 남녀 할 것 없이 소들을 챙겼다.

젊은이들보다 한참 일찍 일어난 노인들은 간단한 아침 운동을 하며 아침 식사를 기다렸다.

평온했지만, 그렇다고 해서 검과 둔기의 충돌 소음이 가신 것은 아니었다.

인간의 적응속도는 놀라웠다. 갓난아기들마저 그 소리를 입으로 흉내 낼 정도였다.

어느 집에서는 진지한 이야기도 나왔다.

"아버지, 아무래도 경비 부대에 신고를 하는 게 낫지 않을까요?"

오늘 아버지와 함께 시장으로 갈 예정이었던 청년이 묵묵히 빵을 먹고 있던 아버지에게 말을 걸었다.

하지만 청년의 아버지는 시큰둥한 반응을 보였다.

"주변에 야적들이 나타나도 안 움직이는 놈들이었잖아? 그리고 만약 온다 하더라도 저 괴물들을 보고 가만히 있을까? 십중팔구 뒤도 안 돌아보고 도망가겠지."

청년은 머쓱했지만 아버지의 말을 부정하진 않았다.

석양이 질 무렵까지 꾸준히 싸우던 철갑의 남자, 헤라클레스는 자신과 3박 4일 동안 지겹게 싸운 상대에게 왼 손바닥을 보였다.

"잠시 멈추세."

"크큭, 살려달라 비는 건가?"

헤라클레스는 언덕 쪽으로 고개를 까딱 움직였다.

손에 큰 바구니를 든 주근깨 소녀가 끙끙거리며 언덕을 내려오고 있었다.

"아무 죄도 없는 사람을 희생시키는 것은 투사의 예의가 아닐세."

헤라클레스가 경고하듯 말했다.

"희생? 크큭, 움직이는 것은 나방이지 불이 아니다."

자신보다 주먹 하나 정도 큰 그 거인의 말에 헤라클레스의 투구에서 실소가 터졌다.

"싸움터를 이곳으로 정한 남자가 할 말은 아니지 싶군."

"크크큭……."

회색 거인이 검을 내렸다.

소녀는 바구니를 놓자마자 냉큼 언덕 위로 올라갔다. 구경하고 있던 어린아이들이 자신들 쪽으로 달려오는 소녀를 보며 마을의 영웅이라며 환호했다.

헤라클레스가 바구니 쪽으로 걸어갔다.

"내가 가져오지. 자네는 거기에 있게."

그의 발걸음은 3박 4일 내내 잠도 안 자고 싸운 남자라 믿기 힘들 정도로 힘이 넘쳤다.

그동안 하얀색 눈으로 주변을 둘러보던 회색 거인이 갑자기 검으로 땅을 찍었다. 헤라클레스는 땅에 박힌 거인의 칼끝을 잠시 본 뒤 바구니를 들었다.

'조금 뒤에 오겠군.'

그는 방금 거인이 무슨 행동을 했는지 알고 있었다.

바구니 안에는 만든 지 하루 정도 지난 것으로 보이는 빵들과 가죽으로 된 물주머니 두 개가 들어 있었다.

물주머니 하나와 빵 절반을 꺼낸 헤라클레스는 나머지가 든 바구니를 자신의 상대에게 던졌다.

"들면서 얘기나 하세."

헤라클레스가 권했다.

둘은 어제와 달리 제법 가깝게 마주 앉았다.

헤라클레스는 이번에도 투구를 벗고 빵을 먹었다. 하루 지난 빵이긴 했지만 어제 먹었던 물질들에 비할 수는 없었다.

아무 말 없이 식사를 하던 분위기를 헤라클레스 쪽에서 먼저 극복하려 했다.

"내 이름은 헤라클레스라 하네."

그가 자신을 소개하자 회색 거인은 인상을 쓰는 것인지, 미소인지 모를 표정을 지었다.

"크큭, 알고 있다. 올림포스의 영웅이라지?"

그의 정확한 말에 헤라클레스는 적잖이 놀랐다.

"역시, 자네는 신의 하수인이었군."

헤라클레스의 눈가에 울적함이 스쳤다.

"내 위치는 어찌 알았나?"

"네가 입은 그 멍청한 갑옷이 우리에게 신호를 보내고 있지."

"그렇군. 그것은 곧 최종적인 운명으로부터 피할 도리가 없다는 말이군."

헤라클레스는 물을 마셨다.

"이 물이 포도주라면 참 좋았을 것을. 헤파이스토스님이 담가주시는 포도주의 맛은 정말 최고였지. 모든 것을 잊을 수 있었으니까."

그가 이어서 말했다.

"자네 덕분에 불과 며칠이지만 아무 고민 없이 살 수 있었네. 난 아직 자네를 적대하지만 자네가 고민을 잊게 해준 것은 사실이니 개인적으로는 친구라고 여겨도 되겠군."

"……."

"아무쪼록 이름을 듣고 싶네만."

"크큭, 싫다면?"

"상관없다네."

식사를 마친 헤라클레스는 빈 물주머니가 든 바구니를 아이들이 있는 언덕 위로 던졌다.

그는 투구를 쓰고 둔기를 들었다. 회색의 거인은 그보다 앞서 검을 들고 있었다.

"자네에게 묻고 싶네."

헤라클레스가 물었다.

"자네는 왜 이곳을 싸움터로 정했나?"

투구의 눈구멍에서 다시 빛이 올라왔다.

"자네와 나, 어느 한쪽이 힘을 제대로 썼다면 언덕 너머에 있는 저 아이들의 보금자리도 무사하지 못했을 것이네. 난 자네가 저들을 인질로 삼는다 생각했네만 자네 역시 전력을 다하지 않더군. 뭔가 속셈이 있나?"

"크큭."

거인이 웃었다.

"지금 나와 대화할 틈이 있나? 크크크큭."

"과연."

헤라클레스가 둔기를 추커올렸다.

"오오오오오오!"

그가 괴성을 지르자 언덕에 있던 아이들은 이제야말로 기술이 나온다며 즐거워했다.

그가 둔기로 땅을 찍었다. 그 반동으로 인해 분출된 흙의 높이가 언덕의 높이를 한참 초월했다.

"아, 뭐야?"

아이들은 그가 그 기술로 거인을 치지 않았다며 불만을 터뜨렸다.

그러나 그것도 잠시.

솟아올랐다가 떨어지는 흙들 사이에 이상한 것들이 섞여 있었다.

보기만 해도 끈적끈적함을 알 수 있는 까만 물질들이 땅에 떨어지자마자 살아 있는 듯 꿈틀거렸다.

그것이 아예 하나로 뭉치기 시작하자 그냥 멍하니 있던 아이들은 일제히 비명을 질렀다.

그런데 그것과 똑같은 것들이 아이들의 뒤쪽에서 무수히 솟아올랐다.

그저 끈끈한 물질에 불과하던 그들의 형태가 곤충도, 파충류도, 동물도, 그리고 인간도 아닌 쪽으로 바뀌었다.

"으아아악!"

그 흉측한 모습에 아이들은 비명을 질렀다. 오줌으로 흠뻑 젖은 바지를 붙든 채 뒤로 물러나는 아이도 있었다.

아이들의 머리 위에 그림자가 떨어졌다. 주변이 어두워지자 아이들은 다시 놀랐지만 뭘 어떻게 하진 못했다.

언덕보다 더 높게 도약했던 헤라클레스는 아이들에게 피해가 가지 않도록 착지 위치를 조절했다.

그는 괴물 가운데 하나를 발로 밟으며 착지했다.

둔기로 자신의 주변과 아이들 사이를 정리했다. 열댓 마리가 둔기에 휩쓸려 한꺼번에 쓰러지고 죽었다.

아이들의 뒤쪽, 그러니까 언덕 끝에서 괴물 한 마리가 더 나타났다. 아이들을 인질로 잡으려는 속셈이었다.

그러나 괴물은 낫 모양의 오른팔도, 커다란 집게벌레처럼 생긴 왼팔도 움직이지 못했다.

헤라클레스를 뒤따라 올라온 회색 거인이 괴물의 뒷머리를 손으로 붙잡아 짓이기고 있었다.

괴물을 그대로 짓눌러 땅속에 박아버린 거인은 검끝으로 괴물이 갇힌 구멍을 찔렀다.

거인이 헤라클레스 쪽으로 다가갔다.

"큭큭, 역시 네놈에겐 렘런트들을 끌어들이는 재주가 있군. 내일까지 싸워야 하나 고민했는데, 아주 다행이야. 크크크큭."

"목표물은 내가 아니었나?"

"물론 너도 목표물이지. 그러나 찾기 쉬운 목표물이 찾기 어려운 목표물을 찾는 데 도움을 준다면 협상의 여지가 있지 않겠나? 크크크큭."

"뭔가 좀 아는 친구로군."

둘은 말을 잠시 끊고 괴물들을 빠르게 정리했다.

헤라클레스와 회색 거인은 서로 오랫동안 호흡을 맞춘 사람들처럼 서로가 가진 무기의 살상 범위와 속도, 움직이는 버릇을 맞추고 보조해 주며 분주하게 움직였다.

거인의 뒤를 노리고 수풀을 기어 접근하는 괴물이 있었다. 헤라클레스는 놈의 꼬리를 붙잡고 들어 올린 뒤 음식 재료를 만들듯 둔기로 놈의 몸통부터 머리까지를 난타했다.

발이 멈춘 헤라클레스의 머리 위로 작은 날개를 등에 단 괴물이 날아들었다.

그러나 괴물은 가는 도중에 거인에게 붙잡혔다.

도약하여 괴물을 단단히 잡은 거인은 그대로 착지하면서 무릎을 세웠다.

무릎 보호대에 허리를 정확히 찍힌 괴물은 몸이 직각으로 꺾이며 검은색 액체를 토했다.

상체와 하체가 따로 노는 괴물을 옆으로 버린 회색의 거인은 집단으로 몰려 있는 괴물들을 향해 달려가며 웃음을 터뜨렸다.

"이 녀석들, 모조리 죽는 거다! 크하하하하하!"

검은색의 핏물이 폭풍에 유린된 파도처럼 터지고 튀었다.

아이들은 그 살육 속에서 하얀색 안광을 즐거이 흘려대는 거인의 모습이 그저 두렵기만 했다.

괴물들은 순식간에 정리됐다.

헤라클레스는 아직 죽지 않은 자들을 찾아다니며 그들의 목숨을 지웠다. 마음에 깃들어 있는 잔악함의 배출이 아니라 통증없이 편히 쉬라는 올림포스 투사로서의 배려였다.

그가 아직도 그 자리에 있는 아이들을 봤다.

"돌아가라, 소년소녀들이여. 가족들이 기다린다."

그제야 정신이 돌아온 아이들은 언덕 밑에 잔뜩 모여 있는 어른들을 향해 정신없이 달려갔다.

일단 아이들이 돌아오긴 했으나 사람들은 헤라클레스와 거인을 대놓고 원망했다.

3박 4일 동안 시끄럽게 한 것도 모자라서 듣지도, 보지도 못한 괴물까지 불러들여 아이들이 위험해질 뻔했으니 반길 리가 없었다.

헤라클레스는 언덕에 앉아 그들과 마주 봤다.

회색 거인이 그의 옆으로 다가왔다.

"올림포스의 대영웅이 눈앞에서 이렇게 쫓겨다니다니, 매우 재미있군."

"이들은 램런트이자 서번트일세. 동포들이… 아니, 램런트가 된 자들이 다른 이들을 감염시켜 대량으로 만든 일꾼들이지."

그가 일어났다.

"어서 가세. 이제 진짜 렘런트들이 나를 노리고 닥쳐올 것이네."

"크큭, 도망치려는 건가?"

거인이 묻자 헤라클레스가 반발했다.

"도시 사람들까지 죽을 수도 있단 말일세! 왜 저 죄없는 사람들이 나 때문에 죽어야 한단 말인가!"

"그전에는 죄없는 사람들을 죽이지 않았다는 말처럼 들리는군. 그래, 나노 평생 거짓말을 해본 적이 없어. *크크크크.*"

"……."

거인이 그에게 더 가까이 다가갔다.

"난 너를 죽이라는 지시를 받은 자다. 더불어 렘런트들까지 처리하라는 지시도 받았지. 혹시 말인데, 죽기 전에 네놈의 동포였던 자들을 편하게 해주고 싶지 않나?"

"음……."

"그쪽이 혼자 죄를 떠안고 살아가겠다는 것보다 덜 미친 생각일 것 같군. 크크큭."

렘런트라는 존재 자체에 큰 책임 의식을 갖고 있던 헤라클레스는 그 말이 솔깃하게 들렸다.

"손을 잡자는 말인가?"

"대가는 영웅에 걸맞은 죽음이다."

막말로 하자면 이용할 대로 이용한 뒤 죽이겠다는 말이었다. 하나 헤라클레스는 망설이지 않고 손을 내밀었다.

"부탁하네."

"크큭."

둘이 굳게 악수했다. 마주 잡힌 두 남자의 커다란 손이 사람들의 눈에는 바위덩어리 같았다.

"난 바이론이라 한다."

상대가 드디어 자신의 이름을 밝히자 헤라클레스는 기분이 좋았다.

"왠지 시인 같은 이름이군."

"크큭."

이윽고 두 사내는 석양을 등진 채 마을을 떠났다.

아이들은 며칠 동안 여러 가지를 꿈꾸게 해준 그들을 배웅하고 싶었으나 어른들의 제지로 인해 뜻을 이루진 못했다.

남자들의 그림자가 지평선 너머로 사라졌다.

CHAPTER 18
얼어붙은 성의 주인

GodsKnight R

드래곤 형태로 하늘에 떠 있는 쑤밍은 눈앞에 있는 회오리 바람을 향해 전류가 가득 담긴 숨결을 내뿜었다.

번개 계열의 숨결은 그 어떤 숨결 공격보다 발사 소음이 컸다. 멀리 지상에 있던 동물들이 그 인위적인 천둥소리에 놀라 이리저리 뛰고 숨었다.

그녀가 내뿜는 숨결은 능력에 맞게 위력도 제법 강력했다. 그녀 주변의 서룡족들까지 인정할 정도였다.

동룡족의 숨결 공격이 신체적 특징으로 인해 서룡족보다 약하다는 것을 감안하자면 놀라운 일이라 할 수 있었다.

그러나 그 굉장한 숨결 공격도 회오리바람을 뚫진 못했다.

방금 쏜 것이 벌써 세 번째 숨결이었다.

숨결들을 연달아 쏘느라 지친 쑤밍은 지상을 봤다. 리오가 내려오라는 수신호를 보내고 있었다.

인간의 모습으로 변해 동료들이 있는 곳으로 내려온 쑤밍은 루이체가 챙겨준 물을 마시며 숨을 돌렸다.

"일반적인 회오리바람은 확실히 아니지 말입니다."

"음······."

리오의 생각도 같았다.

그들의 눈앞에 있는 것은 분명 회오리바람이었다.

그러나 모습만 그럴 뿐, 규모는 회오리바람 모양의 산맥이 아닐까 하는 생각이 들 정도로 엄청났다. 높이 또한 구름을 뚫고 대기가 미치는 곳까지 닿아 있었다.

'정상적인 자연 현상은 아니지.'

리오는 머리를 긁적거렸다.

실제로 저런 규모의 회오리바람이 있다면 그 주변은 엄청난 풍속과 바람의 압력으로 인해 엉망이 되었을 것이다. 그러나 회오리 바로 앞의 지면을 제외하고는 아무 이상도 없었다. 대기의 흐름조차 정상적이었다.

그는 손으로 땅을 짚어봤다. 살얼음이 약간 끼어 있는 흙을 그의 적동색 손가락이 훑었다.

'일정 강도 이상의 바람이 불진 않았어. 그것도 보름 정도.'

그는 주변을 봤다. 강한 바람이 불 만한 지형은 아니었다.

'위치 정보는 확실해. 니블헤임은 저 안에 있어.'

흙을 털며 일어난 리오는 교신기의 가상화면을 통해 회오리바람을 봤다.

'하지만 여태까지 본 적이 없는 현상이야. 교신기에도 일치하는 정보가 없어. 대체 뭐지?'

그가 뒤를 봤다.

"하이엘바인님."

"응?"

케롤이 만드는 요리를 구경하고 있던 하이엘바인이 그를 봤다.

"저 회오리바람은 아무래도 결계 같습니다만, 혹시 짚이시는 점이라도……."

"없네."

대답을 툭 던진 그녀는 요리 구경에 열중했다.

리오뿐만 아니라 루이체와 쑤밍, 케롤 모두 그녀를 의심스런 눈으로 쳐다봤다.

"적과의 싸움을 피할 생각이시군요?"

그가 조금 강하게 그녀를 도발했다.

하이엘바인이 움찔했다. 정곡을 찔린 것이다. 루이체는 그녀가 참으로 알기 쉬운 성격이라고 생각했다.

리오가 팔짱을 꼈다.

"하이엘바인님?"

"지, 짚이는 점이 있다 해도 지금은 안 되네! 오해하지 말고 조금만 기다려 주게!"

시한부 임무는 아니었기에 리오도 재촉할 생각은 없었다. 하지만 그녀가 왜 그렇게 행동하는지에 대한 이유만은 알고 싶었다.

"언제까지 기다려 드리면 되겠습니까?"

"내일 아침? 아마도 그럴 것이네."

"내일 아침이라……."

그녀가 시간을 이야기하니 리오는 그 이유가 더욱 궁금해졌다.

루이체가 일단은 그냥 넘어가자는 투로 손을 저었다. 쑤밍의 안색도 별로 안 좋았기에 리오는 결국 그녀의 의견을 받아들이기로 했다.

"그럼 준비가 되시면 말씀해 주십시오."

"으음. 고맙네."

그녀는 다시 요리 구경에 열중했다.

아직 점심 무렵도 안 됐지만 하이엘바인 덕분에 일거리가 없어진 리오는 일찌감치 야영지를 만들었다.

언제든지 눈이 내려도 이상하지 않을 날씨였기에 그는 루이체와 쑤밍에게 간이지붕을 만들라고 지시했다.

"여긴 정말 춥네."

쑤밍과 함께 나뭇가지를 엮던 루이체가 투덜대자 땅을 정돈하던 리오가 피식 웃었다.

"그럼 좀 입어."

그녀는 여전히 소매 없는 상의에 짧은 반바지 차림이었다.

"에이, 귀찮은데."

다시 투덜거린 루이체는 항상 메고 다니던 작은 배낭에 손을 넣고는 뭔가를 찾는 듯하더니 팔을 힘껏 들었다.

접시 하나 제대로 들어갈 것 같지 않던 배낭의 입구에서 회색의 두꺼운 방한복이 쑥 빠져나왔다. 그다음으로 검은색의 방한용 레깅스와 회색 부츠가 차례로 나왔다.

그녀는 바위 뒤로 가서 반바지와 레깅스를 바꿔 입은 후 신발도 갈아 신었다.

방한복을 걸친 뒤에도 뭔가 부족하다 생각됐는지 다시금 가방에 손을 넣고 모자와 장갑을 꺼냈다. 모자는 위쪽에 털로 된 방울이 달린 두꺼운 비니모자였다.

모자와 상의, 신발이 똑같은 회색이라 보기에 좋았다.

그렇게 갈아입고 쑤밍의 곁으로 돌아온 루이체는 문득 리오에게 물었다.

"라디언트님이 주신 물건은 안 쓸 거야?"

"아, 그거?"

리오는 동생을 잠깐 본 뒤 디바이너로 땅을 계속 팠다.

"쇠붙이를 몸에 걸치는 건 익숙지 않아서 말이지."

리즈가 있는 도시를 떠나기 전에 휀이 건네주었던 무장에 대한 이야기였다.

"그래도 꽤 도움이 될 것 같던데?"

"후후, 여유가 되면 한 번 써볼게."

말을 마친 남매와 쑤밍은 작업에 열중했다.

일행 가운데 아무 일도 하지 않는 자는 오직 하이엘바인뿐이었다. 하지만 심적으로 그녀를 탓하는 사람은 없었다.

그녀를 탐탁지 않게 생각하는 케롤조차도 겉으로나 속으로나 그녀를 모욕하지 않았다. 오히려 부담스러워하고 있었다.

'내 요리를 너무 진지하게 보시네.'

단순히 배가 고파서 요리를 지켜보는 사람의 눈빛은 아니었다. 시선만 요리에 두고 있을 뿐, 그녀는 고도로 정신집중을 하고 있었다.

야영지 구축을 마치고 식사까지 끝낸 일행은 이런저런 일을 하며 시간을 보냈다.

리오는 루이체와 쑤밍에게 마법과 검술을 가르쳤고 케롤은 자신의 교신기로 리오의 모습을 몰래 담느라 정신이 없었다.

반면 하이엘바인은 모닥불 앞에 앉아 가만히 있었다. 리오는 그녀에게 뭔가 사정이 있을 거라 생각하고 일단 그냥 넘어가기로 했다.

지형이 험하고 산세가 높은 탓에 해가 빨리 떨어졌다.

하이엘바인은 그때까지도 모닥불에 장작을 넣는 것 외에는 아무 행동도 하지 않았다.

'대체 무슨 일이시지?'

리오도 슬슬 신경이 쓰였다.

불침번을 설 준비를 하며 그녀를 바라보던 리오에게 케롤이 다가왔다.

"하이엘바인님의 저런 모습은 처음이네요."

그가 뿔테안경을 만졌다.

"생리 중이실까요?"

그가 툭 던진 한마디에 텐트 속에서 몸을 뒤척이던 루이체와 쑤밍이 눈을 부릅떴다.

"그런 일이라면 대놓고 말씀하실 분이잖아."

"하긴 그렇죠."

오빠의 말을 들은 루이체는 덮고 있던 이불을 꾹 쥐었다.

'너무 태연하게 그런 말을 하지 마!'

그녀는 수치심에 일그러진 표정을 도저히 유지할 수 없었다.

케롤은 자신의 교신기를 들었다. 그곳에는 하이엘바인이 오늘 하루 내내 소비한 고기의 양이 기록되어 있었다.

"흠. 고혈압이나 고지혈증일 수도 있겠네요."

"……."

리오는 그런 병을 앓는 사람이 왜 모닥불만 바라보고 있냐고 묻고 싶었다.

"그럼 저는 이만 쉬러 갈게요, 리오님."

"어디로?"

"웃훙, 저와 같은 고위 악마가 설마 간이텐트 속에서 흙 냄새를 맡으며 잘 거라 생각하셨나요? 악마답게 어둠 속에서 평화와 안정을 즐겨야죠."

"흠."

그가 '고위' 악마라는 사실을 살짝 잊은 리오는 실소를 지었다.

"모닝콜을 부탁드려도 될까요?"

케롤이 윙크했다.

"스스로 이겨내 봐, 고위 악마답게."

"훗훙, 야박하셔라."

마냥 좋은 얼굴의 케롤은 검은색 연기로 변한 뒤 밤의 어둠 속으로 사라졌다.

리오도 자리에서 일어났다.

그는 망토의 목을 잘 세워 코밑까지 가린 뒤 텐트에 대고 말했다.

"주변을 둘러보고 올 테니 너희는 일찍 자도록 해. 혹시 무슨 일이 벌어져도 하이엘바인님이 계시니까 안심해도 돼. 알았지?"

텐트 안에선 아무 소리도 들려오지 않았다.

리오는 마지막으로 하이엘바인에게 둘을 부탁했다. 처음엔 건성으로 대답한 그녀는 아주 조금 뒤 잠깐 정신을 차리고 제대로 가슴을 두드리며 다짐했다.

"아, 미안하네. 둘은 내게 맡겨주게. 기필코 무사히 지켜주겠네."

"알겠습니다. 그럼 잠시 다녀오겠습니다."

그래도 리오는 불안했다. 루이체와 쑤밍도 불안했다.

그들이 하이엘바인을 믿지 못하는 것은 아니었다. 야간 합숙에 대해 안 좋은 기억이 있을 뿐이었다.

다른 동료들과 있을 때는 괜찮지만 꼭 그 셋이 모이면 얘기가 달라졌다.

거의 정신적 외상에 가까운 그 상황은 셋이 오래전에 함께 겪은 어떤 사건에 기인한다.

둘 중에서 리오를 먼저 만난 쪽은 쑤밍이었다.

아주 옛날, 리오는 휀과 함께 현재의 서룡족 제왕을 데리고 하이엘바인이 있던 불의 별로 간 일이 있었다.

당시 불의 별은 하이엘바인을 정점으로 한 옛 아스가르드 전사들이 수호하고 있었다. 지금과 다른 점은 하이엘바인의 존재 여부뿐이었다.

하이엘바인을 비롯한 아스가르드의 전사들은 스스로를 '디사이플'이라 칭했는데, 이유는 포로로 잡히고 이용되는 입장에서 아스가르드라는 이름을 감히 쓸 수 없었기 때문이다.

예정에도 없던, 그것도 아주 어린 서룡족 제왕이 리오와 휀을 데리고 나타나자 디사이플들은 규칙에 따라 그들을 배제하기로 했다.

양측이 싸움을 벌이는 한편, 동룡족의 사주를 받은 동룡족 출신 해적들도 그 불의 별에 있었다. 그들의 목적은 불의 별에 숨겨진 서룡족의 비밀을 알아내는 것이었다.

불의 별은 서룡족의 제왕이 모든 용족의 신, 브리간트에게 인정을 받는 장소였다. 당시 서룡족을 원수로 여겼던 동룡족에게는 세상에서 가장 뜯어보고 싶은 장소나 마찬가지였다.

성공만 하면 지금까지 있었던 일에 대한 면죄부와 더불어

재기할 자금과 터전을 주겠다는 동룡족 조정(朝廷)의 파격적인 제안이 해적들을 그곳으로 이끌었다.

물론 인간적인 이유도 있었다.

쑤밍은 그 해적선 선장의 외동딸이었다.

해적이라는 이름을 가진 채 동룡족 체제에 대한 저항 운동을 하던 선장은 쑤밍이 태어난 직후부터 자신의 이념과 이상을 잃어갔다.

딸에게 자신이 겪고 있는 입장을 물려줄 수 없었던 그는 결국 부인의 반대를 무릅쓰고 조정의 제안을 받아들였다.

하지만 불의 별은 그들의 상상 이상으로 험한 곳이었다.

침입자의 방어를 위해 제작된 생명체들의 공격으로 인해 해적선은 얼마 버티지 못하고 침몰했다. 선장과 그의 부인, 그리고 해적들은 해적선 내부에 침입한 그 생명체들에 의해 순식간에 살해당했다.

쑤밍만은 부모들의 희생 덕분에 가까스로 탈출할 수 있었지만 아직 어린아이인 그녀가 누구의 도움 없이 생존한다는 것은 불가능했다.

그때 그녀를 구해준 사람이 리오와 훼이었다.

자신을 구한 리오를 어느 순간부터 '스승'이라 부르게 된 쑤밍은 어른들이 쓰는 무거운 목검을 손에 쥐고 수련을 시작했다.

어쩔 때는 자기 스스로 목검을 더 휘두르기도 했다. 그렇게 단련하지 않으면 고아가 된 자신이 살아남을 수 없다는 사실을 본능적으로 느꼈기 때문이다.

리오의 제자가 된 이후 쑤밍이 맞이하는 생일날, 리오가 축하를 해주기 위해 그녀를 찾아왔다.

쑤밍은 오랜만에 리오를 본다는 생각에 기뻐 어쩔 줄 몰랐지만 막상 찾아온 사람이 리오뿐만이 아니어서 실망했다.

그리고 그 실망감은 리오가 데려온 손님이 자기 또래의 여자아이라는 사실에 충격으로 변했다.

리오의 옆에서 낯을 심하게 가리던 그 소녀가 바로 루이체였다.

어떤 사고로 인해 부모를 모두 잃은 그 주신계 천사는 그녀의 아버지와 친분이 있던 휀의 손에 이끌려 리오에게 입양되었다.

루이체가 워낙 말이 없고 친구도 사귀려 하지 않아 고민하던 리오는 착실한 성격의 쑤밍이라면 그 아이의 친구가 되어줄 것이라는 희망을 가져 봤다.

그러나 그는 당시까지 루이체의 성격을 제대로 파악하지 못했다.

사실 루이체는 쑤밍과 달리 조숙하고 영악했다.

그녀는 자신의 유리함을 상대에게 확실히 각인시키는 방

법을 알고 있었다. 또한 그녀는 쑤밍을 자신의 가장 큰 경쟁자(?)라고 인식했다.

여자아이들의 사정을 전혀 모르는 리오는 그들이 매우 빨리 친해져서 다행이라며 제멋대로 판단해 버렸다.

이후 쑤밍은 루이체를 볼 때마다 리오에게 무슨 기술을 어떻게 배웠다고 자랑했으며 루이체는 선물로 받은 인형과 옷을 자랑했다.

시간이 꽤 흘러 가슴이 슬슬 부풀기 시작한 나이에 접어들었어도 루이체와 쑤밍의 신경전은 여전했다. 사소한 것들뿐만 아니라 '여자들만의 영역'에 속하는 부분의 경쟁도 치열해졌다.

리오는 아이들에게 체력이 붙는 시점부터 자신에게 주어진 휴가 기간의 1주 정도는 둘에게 투자했다.

둘은 용족조차 잘 모르는 산과 바다, 숲, 그리고 각종 관광명소를 정신없이 탐험했다. 덕분에 야영과 식량 조달 방법 등을 확실히 배울 수 있었다.

여담이지만, 리오는 얼음 속의 물고기까지 맨손으로 잡는 그녀들이 왜 요리만은 어른이 다 된 지금까지도 못하는지 궁금했다.

그러던 어느 날, 모두에게 잊히지 않을 만큼 큰 사건이 벌어졌다.

셋은 여느 때와 마찬가지로 캠핑을 즐기고 있었다.

저녁 식사를 막 마친 순간 리오에게 긴급한 통신이 들어왔다. 그들의 야영지 인근에 불법 행위를 저지르고 있는 악마들이 나타났다는 소식이었다.

자신의 입장과 아이들의 안전을 모두 생각한 리오는 정보에 따라 악마들을 처리하기 위해 홀로 야영지를 떠났다.

그로 인해 오랜만에 둘만 있게 된 루이체와 쑤밍은 상당히 어색한 시간을 보냈다.

리오에게 구출된 이후부터 쑤밍은 자존심이 너무 강한 사람들과 친하게 지내왔다. 자신의 상전인 서룡족의 제왕은 특히나 그랬고 루이체 또한 만만치 않은 성격의 소유자였다.

처음에 쑤밍은 그들과 대놓고 말싸움을 벌였다.

하지만 그렇게 해서 이겨봤자 자신에게 득이 되는 것도 없고 상대방도 예상외로 마음의 상처를 크게 받는 경우가 많아서 이후에는 이야기를 최대한 받아주는 쪽으로 태도를 바꿨다.

그렇게 하니 귀는 좀 시끄러워도 마음은 편했다. 또한 그 독특한 성격에 가려 직접 드러나지 않았던 상대방의 좋은 점들이 하나씩 보였다.

그녀의 바뀐 태도 덕분에 둘은 상당히 친해질 수 있었다.

그러나 그 시간도 잠시, 리오가 처리하기로 되어 있던 악마들이 어찌 된 일인지 리오에게 발각되지 않고 야영지를 급습했다.

그들은 용족 사냥을 전문으로 하는 악마들이었다.

쑤밍은 그들이 누구인지 단숨에 알아차렸으나 루이체는 그것을 모르고 강하게 저항했다. 그 저항의 대가는 용족을 사로잡을 때 쓰는 강력한 그물이었다.

그물에 잡힌 루이체의 혈통을 확인한 악마들은 큰돈이 될 물건이 생겼다며 즐거워했다.

악마들이 그들을 그물에서 풀어내고 따로 결박하려는 찰나, 쑤밍이 그들의 대장으로부터 무기를 빼앗아 그를 깔끔하게 참살했다.

그냥 꼬마 용족으로 여겼던 아이가 무시무시한 적으로 돌변하는 순간 악마들은 사정을 봐주지 않고 그녀를 죽이기 위해 움직였다.

쑤밍은 자신이 리오에게 배운 모든 것들을 악마들에게 증명했다.

뛰어난 검술, 빠른 마법, 그리고 마법검 등이 연이어 터지자 악마들은 크게 당황했다.

악마들의 화살도, 용족을 잡기 위해 특별히 고안된 마법도 그녀를 잡지 못했다.

몇 명을 순식간에 벤 쑤밍은 리오가 간 쪽으로 루이체가 도망치게끔 만들어주었다. 그리고 그 뒤는 자신이 철저히 지켰다.

입에 재갈까지 물려진 루이체는 자신이 아무 도움도 주지 못한다는 사실을 뼈저리게 느끼며 도망쳤다.

가까이에 있던 악마들이 활과 석궁을 버리고 그녀를 쫓아가려 하자 쑤밍이 날랜 몸짓으로 덤벼들어 그들을 베었다.

인간의 형태에서 검까지 잘 쓰는 용족은 드물기에 악마들은 강한 압박을 받았다.

그녀의 활약은 부대장이었던 자의 빠른 대응으로 인해 결국 무력화됐다. 그녀의 기술은 훌륭했지만 오랫동안 쌓인 완력과 경험의 차이를 극복할 수는 없었다.

쑤밍은 즉석에서 욕망의 노리개가 되고 죽을 운명에 몰렸다. 하지만 때마침 루이체가 불러온 리오에 의해 가까스로 구조되어 몸을 지킬 수 있었다.

사건 직후 야영지를 옮겼음에도 불구하고 루이체는 새벽까지 잠을 이루지 못했다. 쑤밍 역시 마찬가지였다.

얼마 지나지 않아 그 사건은 서룡족의 순혈주의자들이 악마들을 사주하여 일으킨 것으로 밝혀졌다.

쑤밍은 자신과 가장 친했던 궁녀가 주동자 중 한 명으로 밝혀져 연행되는 모습에 심한 충격을 받았다. 그때부터 그녀는 그토록 좋아하던 검술 연습도 하지 않았다.

그날의 사건으로 많은 것을 깨달은 루이체는 리오와 같은 현장 요원이 되기 위해 노는 시간을 줄이고 공부를 시작했다.

머리가 워낙 영특했던 그녀는 첫 번째 시험을 인간의 시간으로 단 몇 달 만에 통과했다. 그리고 그녀가 친구인 자신을 위해 노력하여 그런 결과를 거두었다는 소식은 어른들이 준 충격에서 벗어나지 못하던 쑤밍에게 다시 검을 들 수 있는 힘을 주었다.

마무리는 괜찮았지만 그때의 기억은 여태까지도 셋을 괴롭히고 있었다.

이젠 루이체와 쑤밍 모두 자기 스스로를 지킬 수 있는 입장이 됐지만 리오는 그녀들이 여전히 걱정됐고, 그녀들 역시 리오가 곁을 떠나면 잠도 제대로 이루지 못했다.

리오가 지금 있는 세계에서 둘을 만났을 때 선신계 천사들을 상대로 다소 위험한 시험을 치르게 한 것은 바로 그 때문이었다.

걷는 동안 그때를 회상해 버린 리오는 두툼한 눈송이를 이마에 맞은 뒤에야 정신을 차릴 수 있었다.

'이제 애들도 아닌데……'

그는 자조하듯 웃었다.

'굳이 하이엘바인님께 둘을 맡길 필요도 없었지. 게다가 쑤밍은 이제 독립해도 되잖아? 용족 중에서 그 애보다 강한

자도 이제 손에 꼽을 정도라고.'

생각하는 리오의 눈앞에 예전 일이 다시 떠올랐다. 그는 이마를 잡고 생각을 떨쳐 봤다.

눈발이 한층 심해졌다.

그는 멈춰서 주변을 둘러봤다. 어둠 속을 볼 수 있는 그의 눈이 푸르스름하게 빛났다.

'꽤 멀리 왔군. 다른 곳으로 가볼까?'

돌아서려는 리오의 초감각에 움직이는 물체들의 흔적이 희미하게 잡혔다.

'동물?'

하지만 동물치고는 그 움직임이 너무 전술적이었다.

그는 몸을 숨기고 감각을 더욱 강화했다. 아직 시야에 들어오지 않은 그 불청객들은 리오의 기척이 갑자기 없어지자 잠시 허둥대는 움직임을 보였다.

조금 뒤 그들의 기척도 사라졌다.

'나를 먼저 감지했군. 보통은 아니라는 말인데, 어디서 왔지? 설마 야영지를 노리고 왔나?'

그는 야영지로 돌아갈까 생각하다가 마음을 바꿨다.

'나야말로 불안해하고 있잖아? 이젠 애들을 좀 믿어보자고.'

자신을 질책한 리오는 벌떡 일어난 뒤 디바이너로 자신의 뒤편 경사로를 후려쳤다.

긴 검광이 번뜩인 뒤 작은 산사태가 일어났다. 리오는 굴러 내려가는 돌들과 함께 상대의 기척이 마지막으로 느껴졌던 곳으로 달려갔다.

큰 바위들과 속도를 맞추며 내려가던 리오의 시야에 산사태를 피하기 위해 움직이는 자들의 모습이 들어왔다.

그들은 굉장히 헌 갑옷을 입은 장정들이었다.

갑옷의 형태가 일반적이지 않았다.

뿔이 달린 투구, 강철판 밑에 두꺼운 털가죽을 댄 등이 예전에 발할라에서 봤던 아스가르드 전사들의 갑옷 형태와 대체적으로 일치했다.

'재미있어지는군.'

그는 가장 바깥쪽에 있는 장정을 맹금류처럼 발로 찍어 내리듯 덮쳤다.

다른 자들이 리오의 기습에 당황하는 한편, 리오는 자신이 덮친 자의 투구를 발로 걸어찼다.

"어디 얼굴 좀 볼까? 화장은 하고 왔는지 모르겠군."

뿔 투구가 눈보라 속에 떨어졌다.

리오는 상대의 얼굴을 보고 인상을 썼다.

리오의 밑에 깔린 적은 반쯤 냉동된 피부를 가진 인간이었다. 물론 살아 있는 인간은 아니었다. 좀비와 같은 언데드와도 달랐다. 지성이 있었다.

그것은 시체에 혼령이 씌워진 존재였다.

주변의 사내들이 고함을 질렀다.

"물러가라! 니블헤임은 침입자를 허락지 않는다!"

리오가 깜짝 놀랐다.

단순히 고함에 놀란 것은 아니었다. 그들은 틀림없는 아스가르드의 언어를 구사하고 있었다.

리오의 핏속에서 흥미가 치솟았다.

"너희들에게 허락을 받아야 저 회오리바람을 통과할 수 있는 건가? 통행세가 필요하다면 조금 얹어주지."

서로를 살핀 남자들이 이윽고 무기와 빙패를 거머쥐었다.

"우어어어어!"

마치 곰처럼 소리를 지른 남자들은 그 육중한 몸을 날려 리오에게 돌격했다.

리오는 발로 밑에 깔린 남자의 머리를 짓밟아 파손한 뒤 디바이너로 대응했다.

그들의 방패에 디바이너가 닿는 순간 엄청난 반동이 리오를 튕겨냈다.

'아니?'

공중에서 중심을 잡아 착지한 리오는 왼손으로 마법진을 그렸다. 인간 마법사라면 몇 분을 외워야 할 마법이 찰나에

완성되어 빛을 냈다.

커다란 화염탄이 남자들에게 날아갔다.

방패와 정면충돌한 화염탄은 산의 한쪽 면 전체가 노란빛을 반사할 정도로 큰 폭발을 일으켰다. 그러나 남자들은 그 화염과 폭발마저 뚫고 리오에게 달려갔다.

'결계인가?'

리오는 일단 그들의 무식한 돌진을 피해 이리저리 움직였다.

'마법이 아예 통하지 않았어. 폭발의 충격은 어느 정도 들어간 것 같지만… 대체 뭐지?'

그는 가설을 세워봤다.

선신계 천사들이나 악마들 가운데 어느 위치 이상의 존재들은 지금처럼 마법이 아예 통하지 않는다. 단지 물리적인 충격만이 통할 뿐이다.

이유는 그들의 존재 자체가 마법에 적용되는 규칙 위에 존재하기 때문인데, 그런 경우 리오가 즐겨 사용하는 플레어처럼 기형적인 충격을 동반하는 마법이 아니면 의미가 없었다.

가장 좋은 방법은 마법검을 이용해 마력을 강제로 쑤셔 박는 것이었다.

리오는 마법검을 쓸까 하다가 방금 전에 디바이너가 튕겨 나간 것을 떠올리고 그만두었다.

'반동이 대단했지. 덕분에 남들이 내 검에 맞을 때 얼마나 아플지 조금 알아버렸어.'

남자들이 던진 손도끼가 날카로운 각도로 비행하여 리오의 머리를 노렸다.

리오는 디바이너의 칼자루 끝으로 손도끼들을 빠르게 쳐냈다. 그편이 검을 완전히 휘두르는 것보다 대응속도가 더 빨랐다.

'더 좋은 방법이 있을 거야.'

그는 왼손을 굳게 쥐었다.

'법칙의 적용 문제라면 어쩔 수 없지.'

그의 왼 손바닥에서 정육면체의 입자들이 흘러나왔다. 그 입자들은 삽시간에 철회색의 대검, 그람으로 모습을 갖췄다.

미친 듯이 리오를 쫓던 사내들이 이를 악물고 멈췄다.

"그람?"

"오딘의 그람!"

"그람이다!"

리오가 눈썹을 으쓱했다.

"이 검을 아나? 그렇다면 얘기가 빠르겠는데?"

리오는 왼손에 든 그람을 오른손에, 디바이너를 왼손에 각각 바꿔 쥐었다.

"검 두 개는 오랜만이니 어설퍼도 이해해 줘."

좌우로 공기를 가르는 두 개의 검 뒤로 리오의 눈빛이 파랗게 빛났다.

그전까지 피하기만 하던 리오가 역으로 사내들에게 다가갔다. 그의 첫 표적이 된 사내가 큼지막한 전투 도끼를 휘둘러 대항했다.

리오는 디바이너를 위로 들어 도끼를 튕겨냈다. 대장간에서나 들릴 법한 소리가 무기 사이에서 터졌다.

기술적으로 튕긴 도끼가 위로 번쩍 들렸다. 도끼 주인은 등이 휠 정도로 중심을 잃었다.

그의 상체를 그람이 덮쳤다. 두툼한 칼날이 방패의 윗부분을 자르고 사내의 목젖을 갈랐다.

살아 있는 인간이라면 피를 뿜어야 했지만 그 사내는 잘린 부분을 중심으로 불에 닿은 종이처럼 새카맣게 타들어가며 사라졌다.

효과를 확인한 리오는 두 개의 검을 이용한 살육에 돌입했다.

그람은 방패에 걸린 반사 능력을 완전히 무시했다. 리오는 그람의 힘이 방패의 능력보다 상위에 위치하기에 가능한 일이라고 느꼈다.

'생각해 보면 가브리엘과 우리엘도 옛 신계 태생이었지. 그래서 그람이 녀석들의 권한과 권능을 압도할 수 있었을

거야.'

리오는 매우 흡족해했다. 한편으로는 자신이 왜 이 세계에 오기 전까지 그람의 존재 여부에 대해 깨닫지 못했는지 궁금했다.

'이걸 애초에 쓸 수 있었다면 여태껏 옛 신들을 상대로 고생할 필요도 없었잖아? 오딘님 이상의 능력을 가진 녀석은 아무도 없었다고!'

그는 상당히 억울했다.

옛 신들을 상대하다가 개인적으로 잃어버린 것들이 너무 많았기 때문이다. 그가 잃은 것은 친구와 연인, 시간 등등 도저히 가치를 따질 수 없는 것들뿐이었다.

'아무리 하이엘바인님을 위한 힘이라고 해도 너무하시는 군.'

그는 그 억울함과 아쉬움을 달래듯 두 개의 검을 좀 더 힘차게 휘둘렀다.

디바이너를 통한 방어는 상당했다. 칼날이 닿을 수 있는 모든 부분이 거의 완벽하게 엄호되었다.

리오는 얼마 전까지 양손으로 검을 다뤄본 덕에 왼손을 이용한 검의 조절도 능숙했다.

그에게는 디바이너 외에도 오랜 친구가 만들어준 검이 한 자루 더 있었다. 그러나 디바이너와 비교하여 매우 일반적인

지식으로 만들어진 물건이다 보니 아무리 점검을 하고 수리를 해도 정해진 수명을 연장할 수는 없었다.

검이 부서지기 전에 집에 전시하는 것으로 친구의 선물을 보전한 리오는 대신하여 쓸 무기를 얻기 위해 상부에 무기 보충을 건의했다. 하나 그의 건의는 최종적으로 기각되고 말았다.

그는 결국 그때부터 이번 임무 전까지 디바이너 한 자루로 싸움을 이어왔다. 임무 진행상 크게 문제는 없었지만 리오 개인적으로 아쉬운 부분은 없지 않아 있었다.

'하지만 좋다고 이걸 계속 쓰다가 상부에 발각되면 귀찮아지겠지.'

그람은 그에게 사용 허가가 나지 않은 무기이자 옛 신계의 무기이고, 궁니르 바로 아랫단계의 위험물이기에 좋은 말을 들을 리가 만무했다.

"그래도 어쩔 수 없지."

입으로 중얼거린 그는 어느새 혼자가 된 적을 눈앞에 뒀다.

"이봐, 평화적으로 해결하는 게 어때? 난 폭력을 그다지 좋아하지 않아."

리오가 제안했다.

주황색의 수염을 길게 길러 땋아 내린 상대방은 두려움없이 리오에게 양손대검을 내밀었다.

"니블헤임은 불가침이다!"

"아쉽군."

리오는 디바이너로 상대의 검을 튕긴 후 왼쪽 어깨를 바로 찔러 동작을 방해했다. 그 직후 그람으로 머리를 날렸다.

주변에 다른 적들이 없는지 확인한 리오는 곧장 야영지로 돌아갔다.

'우리가 저 회오리바람을 돌파하기 위해 시도한 일을 감지하고 공격해 온 거라면 야영지의 위치도 파악했을 거야. 뭐, 원주민들이 이렇게 나올 줄 모르긴 했지만……'

그는 하늘 위를 흘끔 봤다.

'상부는 대체 뭘 하는지 모르겠군. 다른 때보다 더 빈둥거리는 느낌이야.'

일의 크기는 전례를 찾아보기 힘들 정도로 커지는 와중인데 주신계의 대응은 미흡했다. 다른 신계의 움직임에 비해서도 한참 부족했다.

'다른 이유라도 있나?'

의문을 가진 채 야영지에 도착한 리오는 모닥불이 보이자 속도를 늦췄다.

야영지는 방금 그가 물리친 적들과 동일한 무장의 사내들에게 습격을 받은 상태였다.

루이체와 쑤밍은 텐트 밖에 나와 있었다. 다행히도 둘 다다친 곳은 없었다.

사내들은 주먹을 굳게 쥔 하이엘바인 주변에 널브러져 있었다. 그들 모두는 바위에 한 번씩 깔린 것처럼 몸 상태가 엉망이었다.

"아, 리오인가?"

그녀가 리오를 돌아봤다. 리오는 그녀의 눈 색깔이 오래간만에 제대로 빛나는 것을 보고 빙긋 웃었다.

"많이 회복하셨군요."

"음. 완전하다고 하기에는 한참 부족하지만 그래도 체면치레는 할 수 있을 것 같군."

가브리엘에게 당한 이후 풀어헤쳐진 상태였던 머리카락이 그녀의 의지에 따라 움직이더니 뒷머리 부근에서 동그랗게 뭉쳐졌다.

리오는 더 이상 움직일 기미가 없는 사내들의 몸을 살폈다. 모두 맨손에 맞아 숨진 것이 확실했다.

"이들에 대해 아십니까?"

"그렇다네."

그녀가 팔짱을 꼈다.

"이들은 오딘님의 밑에서 싸웠던 전사 군단, '에인헤랴르'들의 시체라네. 라그나로크 전쟁 때 죽은 그들의 시신은 전쟁 도중 누군가의 고약한 술수에 의해 다른 영혼이 주입되어 적이 되었지. 내 힘이 조금만 더 회복되었다면 이들의 시신을 완전히 제거하여 명예를 지켜줄 수 있었을 것이네."

그녀는 비통하게 눈을 감았다.

"궁니르는 아침에 사용할 예정이고 아리스톤 무기는 이들의 육체를 분쇄할 수 없으니 이번에는 자네의 힘을 빌려야겠군."

그녀의 얘기는 아직 끝나지 않았지만 리오는 그녀가 어떤 힘을 원하는지 짐작할 수 있었다.

"그람을 사용해 주게."

"알겠습니다."

리오는 루이체와 쑤닝을 차례로 응시한 뒤 왼손에서 그람을 꺼냈다.

"어……?"

그람을 처음 보는 루이체는 크게 당황했다. 반면 우리엘과 싸울 때 그람을 한 번 봤던 쑤닝은 끝까지 비밀을 지키겠다는 듯 눈을 감고 스승의 일이 끝나기를 기다렸다.

리오는 그람으로 사내들의 육체를 하나씩 제거했다. 수가 그리 많지는 않았기에 시간은 얼마 걸리지 않았다.

일을 마친 리오는 그람을 거두고 하이엘바인에게 돌아갔다.

"저 회오리바람이 무엇인지 말씀해 주십시오."

"알겠네."

하이엘바인은 밤중에도 그 모습이 뚜렷이 보이는 거대 회오리바람을 봤다.

"저것은 단순한 바람이 아니라 저승의 얼음 조각들이 휘날려 만들어진 얼음 폭풍일세. 그 폭풍은 이승과 저승의 단층으로 작용한다네."

"저승이라면……?"

"그렇다네. 저 안에는 진짜 니블헤임이나 그 일부가 감춰져 있을 것이네. 아니라면 저 단층과 지금 나타난 에인헤랴르의 존재가 설명이 안 된다네."

하이엘바인은 상당히 진지하고 엄숙했다. 강한 책임감까지 함께 느껴졌다.

"궁니르를 내일 아침에 사용하신다고 하셨는데, 궁니르로는 통과가 가능한 것입니까?"

"그렇다네. 예전에 스트라케를 구하러 니블헤임에 쳐들어간 일이 있었지. 그리고 궁니르를 사용해야만 안에 있는 도시의 주인도 나를 알아볼 것이네. 다른 수단을 쓴다면 저들은 나를 눈으로 직접 볼 때까지 에인헤랴르들을 보낼 것이네."

"그렇다면 가급적 빨리 돌파하는 것이 좋지 않겠습니까?"

"내일 아침까지는 안 되네."

그녀가 자르듯 말했다.

"특별한 이유라도……?"

"물론 있네."

그녀가 황금색 눈으로 리오를 봤다.

"난 아직 배가 고프다네."

"……."

리오의 표정이 굳어졌다. 루이체와 쑤밍은 각각 눈을 가리고 고개를 숙이며 어이없어했다.

이 여자는 싸움 실력만큼이나 사람 맥을 빼놓는 데 일가견이 있다. 리오는 그렇게 생각했다.

"…뭔가 드실 것을 만들어 드려야겠군요."

"흐."

그녀가 헤벌쭉 웃었다. 리오는 뭐라고 말을 던질 의지를 아예 잃었다.

동이 트자마자 야영지에 다시 나타난 케롤은 완전히 꺼진 모닥불과 한 곳에 곱게 쌓인 동물 뼈들을 보고 안경을 까칠하게 매만졌다.

"야식을 아주 거창하게 드셨군요."

그는 고개를 돌렸다.

붉은색의 두꺼운 커튼이 사방에 드리워진 고급 침대가 자연환경을 완전히 무시한 채 텐트 옆에 놓여 있었다.

"오, 세상에."

케롤이 몸서리를 쳤다.

그는 얼마 전 리오의 말에 속아서 그와 똑같이 생긴 침대의 커튼을 들췄다가 하이엘바인의 강렬한 주먹맛을 본 일이 있었다. 그때문에 안경도 새로 맞춰야 했다.

"저를 매우 흥분시키는 가구네요. 농담이 과하세요."

주변을 살핀 그는 어디에도 리오의 모습이 보이지 않자 고개를 갸웃했다.

"저의 리오님은 어디 계실까요?"

그는 텐트 입구를 슬그머니 젖혀봤다.

가장 먼저 보인 것은 리오의 망토를 덮고 잠들어 있는 루이체와 쑤밍이었다. 리오는 루이체와 등을 맞댄 채 팔짱을 끼고 옆으로 누워 있었다.

"자세가 꼭 남편 출근시킨 부인 같군요."

혀를 가볍게 찬 케롤은 텐트 입구를 닫아버렸다.

케롤이 야영지 주변을 정리하고 모닥불을 다시 피운 뒤 식사를 만들 무렵, 잠에서 깨어난 리오가 머리를 다시 묶으며 텐트 밖으로 나왔다.

망토는 벗은 상태라 어깨와 팔이 그대로 드러났지만 추워 보이진 않았다.

"안녕히 주무셨나요?"

"오, 왔군."

리오는 허리 가방에서 수건을 꺼내 그것을 물로 적셨다. 적당히 짜낸 뒤엔 양손으로 수건의 끝을 붙잡고 팔에 힘을 넣었다.

좌우로 팽팽하게 늘어난 수건에서 따끈한 김이 모락모락 올라왔다.

리오는 뜨거워진 수건으로 얼굴과 목, 손 등을 차례로 닦았다. 수건이 스치고 간 그의 적동색 피부에서 하얀 김이 솟았다가 사그라졌다.

케롤은 그가 씻느라 정신없는 틈을 타고 자기 교신기로 리오의 모습을 마구 찍었다.

'오오, 이 희귀한! 이 희귀한!'

리오가 얼굴에서 수건을 떼는 순간 케롤은 교신기를 교묘하게 숨기고는 아무 일도 없었다는 듯 안경을 만졌다.

"웃흥, 모닝콜을 해주셨으면 좋았을 텐데."

수건 밖으로 리오의 한숨이 뿜어졌다.

"그럼 다시 잠을 자야겠지? 내가 이걸로 좀 도와주지."

그가 디바이너를 툭툭 두드렸다.

"아뇨, 꼭 그러실 필요는……."

케롤이 가식적인 미소를 지었다.

"밤 사이에 무슨 일이 있었나요?"

"조금. 아, 물론 야식은 좀 부수적인 사건이었어."

"좀 더 큰일이 있었다고요? 뼈가 다 떨리는군요!"

"……."

할 말을 잃은 리오는 어느새 식은 수건을 다시 가열시키고는 눈가를 재차 닦았다.

"좀 신기한 녀석들에게 습격당했어. 에인헤랴르라는 이름을 들어본 적이 있나?"

"전혀 없지요."

"오딘님 밑에서 싸우던 아스가르드 전사들의 이름이야. 그들이 이곳을 기습했지."

"예?"

케롤은 그 옛 신계의 존재들이 왜 지금 거론되는지 살짝 이해를 하지 못했다.

"어찌 된 일이죠?"

리오는 고갯짓으로 회오리바람을 가리켰다.

"하이엘바인님께서 저 회오리바람이야말로 진짜 니블헤임이 안에 있다는 증거라고 하시더군."

"그 니블헤임이라면, 옛 신계의 지옥 말씀이신가요?"

"그래. 그냥 우연히 이름 붙여진 동네 이름이 아니었나 봐."

리오의 대답 직후 케롤의 귀에는 냄비 속에서 들려오는 물끓는 소리밖에 들리지 않았다.

이윽고 정신을 차린 케롤이 꽤 진지한 표정을 지었다.

"그럼 옛 신계의 일부가 눈앞에 있다는 말씀인데, 그게 가능한 건가요? 옛 신계가 지배했던 영토나 건물 중에서 그 존재가 허락된 것은 오로지 발할라뿐이에요! 그 외에는 발견하는 즉시 처리하기로 되어 있고요!

그가 손으로 회오리바람을 가리켰다.

"저걸 보세요! 추정되는 면적만 따지자면 리즈인가 뭔가 하는 인간이 살던 도시가 아홉 개 이상 들어가고도 남을 수준이라고요! 제대로 번식할 수 있는 환경이라면 못해도 200만 마리 이상의 인간이 살 수 있어요! 신계에서·반역의 중추부가 될지도 모를 장소를 대놓고 방치했다고요? 믿기지 않는군요!"

리오가 동그랗게 뜬 눈으로 그를 봤다.

"벌써 거기까지 파악했어? 유능한데?"

예상치 못한 타이밍에 나온 그의 칭찬에 케롤의 하얀 얼굴이 확 달아올랐다.

어물거리기만 할 뿐 제대로 말을 못하던 고위 악마는 이윽고 상대를 사납게 몰아붙였다.

"지, 지금 무슨 소리를 하시는 거예요! 리오님께서 저에게 설명을 해주셔야 하잖아요!"

"나도 아는 바가 없다니까? 답답하긴 마찬가지라고."

"밤새도록 하이엘바인님께 고기만 꾸역꾸역 구워 드렸군요! 요리가 그렇게 즐거우시면 다른 일을 하셔야지 왜 여기 계신가요? 정말 대단하시네요!"

리오는 수건으로 얼굴을 닦는 척하며 대답을 피했다.

'원래 잔소리꾼이었나?'

그는 옆에서 씩씩거리는 케롤을 다시 봤다.

"하이엘바인님께서 조금 있다가 길을 만드신다고 하셨으니 기다려 봐. 안에 들어가 보면 뭔가 알게 되겠지."

"느긋하시군요!"

"나쁠 건 없잖아?"

그가 어깨를 으쓱했다.

"우리가 모르는 어떤 조건이 걸려 있을 수도 있어. 만약 저곳이 어떤 흉계를 꿈꾸는 비밀스러운 장소였다면 우린 한 번 이상 이쪽과 관련된 자들을 만났을 거야. 일이 좀 크게 돌아가고 있잖아. 하지만 이곳에 와서 만난 녀석들 외엔 특별히 접촉한 일이 없지."

리오는 물이 끓어 넘치는 냄비를 눈짓으로 가리켰다.

"지금 가장 위험한 건 그 냄비 같군."

"……"

"의외로 쉽게 풀릴 것 같으니 너무 걱정하지 마. 식사 준비나 해줘."

그러자 케롤이 다시 발끈했다.

"저를, 이 케롤라흐 람 트리비터라는 고위 악마를 그냥 요리사로 쓸 생각이신가요?"

"그냥 요리사라도 괜찮으니 같이 가게 해달라고 누가 그랬더라?"

"으으……!"

케롤은 원통해하는 한편, 눈밭 속에 보관해 뒀던 식재료들을 꺼내 열심히 손질했다.

리오는 어제 의자 대용으로 구해온 아름드리나무 토막 위에 앉아 회오리바람을 봤다.

'이승과 저승을 나누는 단층이라고 하셨지?'

그는 어젯밤 야식을 만드는 동안 하이엘바인에게 들었던 이야기들을 떠올렸다.

현재의 저승, 즉 명계는 일반 생명체가 들어갈 수 없는 특수한 구조로 되어 있다. 들어가는 방법은 출입 허가를 받거나 죽어서 영혼이 되는 수밖에 없었다.

하지만 니블헤임은 저 단층과 약간의 추위를 제외하고는 생명체들이 살기에 아무 지장이 없었다.

눈앞에 있는 니블헤임이 진짜라면 케롤의 말대로 엄청난 숫자의 인간, 혹은 그 외의 생명체들이 존재할 수도 있었다.

그는 교신기를 꺼내 휀을 통하여 갱신된 임무를 확인했다.

'도시의 주인에게 협조를 요청하되 일정 수준 이상으로 거부할 경우에는 제거하라. 그리고… 상황이 발생할 경우에는 함께 전달될 추가 장비를 사용하라.'

리오가 고개를 갸웃거렸다.

'이것만 보면 하이엘바인님께서 우리를 인도해 주시는 것을 아예 확정짓고 있군. 그래, 역시…….'

그가 눈살을 찌푸렸다.

'나를 그냥 엿 먹이려는 수작이 아니었어.'

얼마 전에 했던 욕을 반복한 그는 하이엘바인이 잠들어 있는 커튼 침대를 봤다.

'뭐, 어떻게 되겠지.'

그는 더 이상 뭐라 하고 싶지 않았다.

이제는 은밀함이 요구되는 임무를 맡은 것도 아니었고 하이엘바인 스스로도 자신이 무엇을 하면 안 되는지 어느 정도 깨우치고 있었다.

무엇보다, 더 이상 꾸중을 하는 것은 하이엘바인 개인에 대한 존중을 해치는 일이라고 그는 생각했다.

하지만 그 생각이 장래에 무슨 파장을 몰고 올지 그는 전혀 예상하지 못하고 있었다.

쑤밍을 시작으로 하이엘바인과 루이체가 차례차례 일어

났다.

"안녕히 주무셨습니까?"

리오의 인사에 하이엘바인은 만족스레 웃었다.

"음. 힘도 더욱 붙었네."

말끔히 풀려 있던 하이엘바인의 머리카락이 다시 스스로 움직여 동그랗게 묶였다.

밤새 붕 뜬 머리를 빗으로 정돈하던 루이체와 쑤밍은 그 광경을 대단히 부럽게 바라봤다.

아침식사가 거의 끝날 무렵, 하이엘바인이 윗배를 살짝 누르며 불편해했다.

"음, 이제 제법 배가 부르군."

그 한마디에 모두가 흠칫했다.

'얼마 만에 듣는 말이지?'

언뜻 리오는 그녀가 스트라케와 정찰을 하면서 대체 얼마나 많은 생물들을 포식했는지 궁금했다.

'그 일대 생태계가 변했을지도 몰라.'

하이엘바인이 그를 봤다.

"무엇을 그리 골똘히 생각하나?"

"예, 자연환경에 대해 잠시……."

"음?"

하이엘바인은 고개를 갸우뚱했다.

식사를 마친 일행 전원은 야영지를 철거하고 전투 준비를 마친 뒤 하이엘바인과 함께 회오리바람을 향해 이동했다.

이승과 저승의 단층이라는 것을 증명하듯 회오리바람 주변은 조용했다. 눈송이가 살살 날리는 것을 제외하면 날씨도 괜찮았다.

하이엘바인이 오른손을 들었다.

"모두 멀리 물러나게."

그녀가 걸친 가죽 갑옷에서 빛이 올라왔다. 동그랗게 틀어 올렸던 머리도 길게 풀려 찰랑거렸다. 그 빛은 찬란한 황금 철갑으로 바뀌어 그녀의 위엄을 살려주었다.

쑤밍은 그 갑옷을 보기가 불편했다. 히드라와 아르테미스가 나타났을 때는 정신이 없어 넘어갔지만 맨정신으로 보기에는 무리가 있었다.

그녀는 그 갑옷을 걸친 하이엘바인에게 한 번 죽음을 당한 적이 있었다.

불의 별에서 서룡족의 제왕을 수행하다가 겪은 일인데, 당시에 고통조차 느낄 틈도 없이 죽었기에 죽음 그 자체에 대해서는 별로 감정이 없었다.

그러나 죽기 직전 느꼈던 우주 규모의 전투 능력 차이는 그녀를 다시금 긴장시켰다.

맹금류의 부리 모양으로 두껍고 길게 튀어나온 그녀의 투구 챙이 쑤밍 쪽으로 움직였다.

챙 밑의 그림자 속에서 하이엘바인의 황금색 눈동자가 빛을 발했다.

"너무 긴장하지 마라, 쑤밍."

쑤밍이 그녀를 봤다. 하이엘바인은 장난스럽게 웃고 있었다.

"나도 불편해지지 않느냐?"

"소, 송구합니다."

이윽고 하이엘바인의 힘이 더욱 강해졌다.

눈이 내리는 하늘의 일부가 좌우로 갈라졌다. 활짝 열린 공간의 균열로부터 강렬한 충격파가 터졌다. 균형을 잃을 뻔한 루이체를 쑤밍이 급히 붙들었다.

균열로부터 아스가르드 최강의 무기, 궁니르가 서서히 내려왔다. 크고 두꺼운 창날에 새겨진 룬 문자가 붉은색으로 작렬했다.

그 창을 두 손으로 거머쥔 하이엘바인은 숨을 크게 들이마셨다. 그녀의 폐활량을 의심케 할 정도의 막대한 공기가 그녀의 코와 입속으로 들어갔다.

'그렇군요!'

케롤이 뭔가를 깨달은 듯 박수를 툭 쳤다.

'그 많은 고기가 어디로 들어가나 했더니, 역시 목구멍 속

에 다른 공간이 있는 거였어요!'

물론 전혀 근거없는 망상이었다.

준비를 마친 하이엘바인이 호흡을 멈췄다가 일시에 내뱉었다.

그녀의 갑옷 등판에 설치된 날개 모양의 납작한 구조물이 상하좌우로 열렸다. 원래 모습으로 잠깐 돌아왔던 클라라가 추진력을 얻기 위해 사용했던 것과 비슷했다.

그 구멍에서 무지개색의 빛이 네 갈래로 터졌다.

"걀라르호른!"

궁니르를 중심으로 한 황금색의 태풍이 히드라를 덮칠 때보다 훨씬 더 큰 규모로 불어나 회오리바람의 표면을 때렸다.

다른 이들이 무슨 짓을 해도 꿈쩍하지 않던 회오리바람의 움직임이 이윽고 멈췄다.

하이엘바인은 곧장 투창 자세를 잡았다.

"모습을 드러내라, 니블헤임!"

그녀가 던진 궁니르가 은색으로 달아올랐다. 창이 대기를 억지로 잡아끌고 가는 바람에 빛이 굴절되어 모든 사물의 형태가 배 뒤쪽의 물살처럼 일그러졌다.

걀라르호른에 멈춘 회오리바람이 궁니르에 맞아 구멍이 났다.

공간이 관통되고 절단되는 모습을 눈으로 확인한 모두는

감탄을 아끼지 않았다.

하이엘바인은 궁니르와 갑옷을 그대로 유지한 채 자신이 뚫어놓은 구멍을 향해 달려갔다.

"어서 가세! 저 길은 몇 분 이상 못 버틴다네!"

모두가 그녀를 뒤따라 뛰었다. 케롤만은 연기로 변하여 땅을 밟지 않고 편안히 이동했다.

회오리바람을 통과하는 순간 모두는 황당함을 느꼈다. 규모만큼이나 두꺼울 줄 알았던 회오리바람의 단면이 종이처럼 얇았던 것이다.

모두가 그곳을 보며 천천히 뛰자 하이엘바인이 씩 웃었다.

"단층이라고 하지 않았나?"

"그렇군요."

리오는 실소를 터뜨렸다.

[그런데 어제는 왜 모른다고 하셨습니까?]

리오는 하이엘바인의 체면을 생각하여 정신감응으로 물었다.

[그건… 그래, 정신집중을 하기 위해 대충 대답한 것이네! 우하하하!]

대단히 의심스러운 대답이었다.

이윽고 하이엘바인이 뜀박질을 멈췄다. 다른 이들도 뒤따라 멈췄고 케롤도 원래 모습으로 돌아왔다.

분화구처럼 파인 땅의 중심에 원반형의 도시가 자리 잡고 있었다. 도시의 규모는 케롤이 예측했던 대로 리즈가 살던 대도시가 아홉 개 정도 들어가고도 남을 만큼 대단했다.

 고리 모양의 벽으로 모든 방향이 차단된 도시는 파란색과 흰색으로 얼룩져 있었다.

 그것은 얼음이었다. 도시 전체가 차갑게 얼어붙어 냉기를 뿜어댔다.

 외벽 내부는 수많은 건물들이 촘촘하게 자리 잡고 있었는데, 여기저기에서 따뜻한 기운이 올라와 지적 생물체의 존재를 증명했다.

 루이체는 휀에게 받은 새 교신기를 꺼내 도시를 비춰봤다.

 "우와, 대단해. 못해도 150만 개체의 생물체가 있어."

 하이엘바인을 제외한 모두가 그녀를 돌아봤다.

 "개체라면… 인간이 아닌 존재도 있단 말이야?"

 리오의 질문이었다.

 "오히려 인간이 극소수야. 인간 외의 생명체가 더 많아."

 "흥미롭군."

 그는 뒤이어 하이엘바인에게 물었다.

 "하이엘바인님께서 아시던 니블헤임이 맞습니까?"

 "아닐세."

 "다행이라고 봐야 할까요?"

"그렇지도 않네. 저것은 '엘류드니르' 일세."

모두가 처음 듣는 단어였다.

"로키의 딸, 헬의 움직이는 궁전이지."

루이체와 쑤밍, 케롤은 로키와 헬이 누구냐는 표정이었다. 그러나 오딘으로부터 로키의 이름을 지겹게 들었던 리오는 불길한 예상을 해봤다.

'설마, 로키가……?'

간계와 거짓, 야비함을 갖춘 자. 아스가르드의 신이면서도 라그나로크 전쟁을 일으켜 모든 것을 멸망시킨 신. 그리고 오딘의 최대 실수.

그것이 로키라는 신이었다.

그는 신으로서의 격이 중간 정도였으나 간계가 워낙 뛰어났다. 모든 것을 바쳐 지혜의 종말까지 익혔다는 오딘마저도 속일 정도였다.

매력적인 용모와 더불어 특유의 푸른색 혀로 내뱉는 감언이설은 모든 신들을 농락했고 토르처럼 무뚝뚝한 신까지도 그가 가져오는 온갖 보물과 정보에 혹하여 그를 대접해 주었다.

사소한 장난만 칠 것 같았던 그가 '혁명군' 을 조직한 것은 어느 순간이었다.

오딘의 아들이자 아스가르드의 빛의 신인 발드르는 앞을

못 보지만 힘은 강한 신, 호드르와 쌍둥이 형제였다.

로키는 호드르를 속여 발드르를 죽였고, 처음에는 로키가 주범이라는 사실을 몰랐던 오딘은 지극한 슬픔에 젖어 호드르를 데리고 오랫동안 방황하게 된다.

그리고 결국 그 사건의 주범이 로키라는 사실을 알게 된 오딘은 격노하여 로키를 붙잡았다.

헬과 요르문간드만 제외하고 로키의 자식들을 모두 죽인 오딘은 그들의 내장을 밧줄 삼아 그를 바위에 묶어 방치해 버린다.

영겁의 세월이 지난 뒤, 자식들의 내장이 가까스로 썩어 떨어지면서 바위에서 풀려난 로키는 복수를 위해 전쟁을 결정했다.

그는 아스가르드 안에서 '오딘의 후계자'로서 자라나던 젊은 신, 하이볼크를 가장 먼저 꼬드겼다. 그것이 라그나로크 전쟁의 시작이었다.

이후에 로키가 어떻게 됐냐는 질문에 오딘은 답하지 않았다. 연거푸 물으니, 아무리 일등공신이라 하더라도 가장 큰 배신을 저질렀던 자에게 자리를 주는 대인배는 적어도 신 가운데에선 없다고 말했다.

오딘의 곁을 떠난 이후 리오는 로키에 대한 생각이 떠오를 때마다 주변 사람들에게 그에 관한 질문을 했다.

하지만 피엘 플레포스 비서장조차도 로키에 대한 정보는 접근 금지라고 하여 알려주지 않았다.

걱정이 리오의 심장을 죄었다. 렘런트, 올림포스, 그리고 로키의 잔재까지 상대해야 할지도 모른다. 그런 생각이 그를 전에 없이 불안하게 했다.

그는 교신기로 도시를 살폈다. 니블헤임, 엘류드니르 모두 접근 불가 처리가 되어 있을 뿐이었다.

"일단 저들부터 처리해야겠네."

하이엘바인이 도시 쪽을 가리켰다.

어제 리오와 야영지를 급습했던 그 사내들이 군대 규모로 몰려오고 있었다.

리오는 디바이너의 칼자루에 손을 댔다. 적을 지켜보며 정신을 집중하던 그에게 하이엘바인이 손을 흔들었다.

"싸울 필요는 없네. 내가 평화적으로 해결하겠네."

그녀는 사내들을 향해 천천히 걸어갔다.

무작정 돌격하던 사내들은 하이엘바인의 모습이 가까워지자 누구라고 할 것 없이 속도를 죽였다.

그들이 아스가르드의 언어로 소곤거렸다. 그들의 수는 약 200명 정도였다.

하이엘바인이 궁니르를 살짝 들더니 끝으로 땅을 찍었다. 황금색의 파문이 사내들을 덮쳤다.

"정숙하라!"

그녀의 선언에 사내들의 의지가 팍 꺾였다.

"난 토르님의 딸이자 아스가르드의 의지를 이어나가는 자, 하이엘바인이다! 지금 당장 너희들의 우두머리에게 나를 인도하라!"

사내들은 일단 가만히 있다가 좌우로 비켜났다.

붉은색의 얼음 갑옷과 검은색 망토로 몸을 치장한 남자, 아니, 인간처럼 생긴 존재가 그들 사이에서 걸어나와 투구를 벗었다.

도마뱀의 것과 똑같은 형태의 머리가 차가운 공기 속에 드러났다. 길고 뾰족한 그의 검은색 혀가 뱀의 입술처럼 쭈글쭈글한 입술 사이에서 오락가락했다.

"과연, 하이엘바인님."

도마뱀 머리가 또박또박 말했다.

역시나 아스가르드의 언어였기에 루이체와 케롤은 그가 하이엘바인의 이름을 얘기하는 것 말고는 전혀 알아듣지 못했다.

도마뱀 인간이 눈밭 위에 무릎을 꿇고 정중하게 인사했다.

"무례를 용서하십시오, 하이엘바인님. 큰 손님들이 오신다는 말씀만 전해 들어서 대비가 허술했습니다. 소관은 니블헤임의 특수기동대 책임자인 '발터' 입니다. 이제부터 이 발터가 하이엘바인님을 안내해 드리겠습니다."

하이엘바인은 그와 달리 뻣뻣하게 서 있는 사내들을 편치 않은 얼굴로 돌아봤다.

"저들은 왜 가만히 있는 것인가?"

"저들은 에인헤랴르의 시신으로 만든 인형입니다. 굳이 인형들의 인사를 받고 싶으시다면 제가 지시를 내리겠습니다."

"아니, 괜찮네. 일어나게."

"황공합니다."

발터는 예의가 밝은 자였다.

리오는 그가 자신이 알고 있는 도마뱀 인간들과는 상당히 다르다고 느꼈다.

도마뱀 인간들 중에서도 지능이 있는 족속들은 인간과 비슷한 지적 능력을 갖기도 하지만 발터처럼 강한 품위를 지니진 못했다.

'도마뱀 인간이라기보다는… 용족에 가깝군.'

쑤밍도 스승과 비슷한 생각을 하고 있었다.

발터가 리오를 응시했다.

"함께 오신 분들은 주신계에서 오셨습니까?"

"그렇습니다."

리오는 악수를 해야 할지, 아니면 아스가르드식으로 인사를 해야 할지 잠시 망설였다.

결국 그는 주먹을 왼손 가슴에 대는 아스가르드식 인사를 택했다.

"리오라고 합니다."

"윗분들로부터 이야기를 들었습니다. 환영합니다."

발터는 가슴에 손을 대어 그를 응대했다.

뒤이어 다른 사람들이 차례로 인사했다.

리오에게 아스가르드 언어를 배웠던 쑤밍은 스스로 인사할 수 있었지만 루이체와 케롤에게는 통역이 필요했다.

쑤밍의 통역을 통해 케롤과 인사를 나눈 발터는 미심쩍은 눈으로 케롤을 봤다.

"실례지만 악신계 쪽에서 손님이 오신다는 이야기는 전혀 듣지 못했습니다."

"후훙, 저는 이분들의 요리사 자격으로 왔거든요?"

쑤밍은 웃음소리까지 번역할 필요는 없을 거라 판단했다.

그녀의 번역을 들은 발터는 한숨을 쉬었다.

"아무래도 다른 분께서 케롤라흐 람 트리비터님의 신분을 보장해 주셔야 할 것 같습니다. 개인적으로는 되돌아가시는 것을 권합니다."

"되돌아가라고요? 왜죠?"

케롤이 불쾌해했다.

"니블헤임에는 옛 신계와 관련된 분들이 많습니다. 저만

하더라도 라그나로크 전쟁 때 혁명군의 일원으로서 참여했습니다."

사실이라면 발터는 대선배였다. 리오는 반말을 하지 않은 것을 다행으로 여겼다.

"좀 더 정확한 이유를 듣고 싶거든요?"

"음… 케롤님은 모르시겠지만 악마 종족은 옛 신계에서 대단히 천대를 받았습니다. 바닥에 떨어진 걸레가 오히려 가치가 있었다고 봐도 무난합니다."

엄청난 비유에 모두가 발터를 봤다.

"믿을 수 없군요!"

케롤이 격분했다. 하지만 그때 상황을 아는 하이엘바인은 투구 밑으로 내려온 머리카락을 슬금슬금 만질 뿐 말을 아꼈다.

발터의 이야기가 이어졌다.

"전쟁 중에도 대부분의 악마 종족은 극히 일부를 제외하면 소모품으로 인식되었습니다. 전쟁 초기에 참여한 악마 종족 대부분이 노예 검투사 출신이기 때문입니다."

케롤의 하얀 얼굴이 상기되었다.

"물론 지금은 다릅니다만 이제부터 여러분께서 만나셔야 할 도시의 지배 계층은 그런 성향이 매우 강한 분들이십니다. 그런 이유로 저는 케롤라흐 람 트리비터님을 위해 귀환을 권했습니다."

"음, 이해했네."

하이엘바인이 말했다.

"그렇다면 내가 직접 이 남자의 신변을 보장하겠네."

귀환을 기정사실로 여기고 있던 케롤에겐 예상치 못한 발언이었다.

동굴처럼 뻥 뚫린 발터의 코에서 한 쌍의 흰 김이 솟아올랐다.

"하이엘바인님께서 굳이 그러실 이유는……."

"그렇지 않네. 나에겐 갚아야 하는 빚이 있네."

조금 힘이 빠진 케롤의 어깨를 하이엘바인이 툭 쳤다.

"이 사내의 상관에게 내가 큰 은혜를 입었다네. 그 부하의 신변 보장 정도는 일도 아니지."

"알겠습니다. 그럼 니블헤임으로 안내해 드리겠습니다."

투구를 다시 쓴 발터가 부하들에게 이동 지시를 내렸다. 그는 말이 아니라 생각으로 그들을 통제하고 있었다.

"밖에서 저 전사들과 똑같은 자들에게 습격을 당했는데, 원래 그렇게 경비가 삼엄했나?"

"닷새 전만 하더라도 니블헤임은 다른 지역의 모든 종족과 거래를 했습니다. 하지만 정체도, 형태도 불확실한 검은색의 괴물들이 도시 주변에 나타나서 통행인들과 니블헤임을 공격했습니다."

십중팔구 렘런트라고 판단한 리오는 교신기를 든 뒤 반대편 손으로 자신의 귀를 가리키며 루이체와 케롤을 봤다.

둘은 귓속에 들어가는 통역기를 꽂았다. 뒤이어 그들의 교신기에 리오의 교신기로부터 전송된 아스가르드 언어의 해독 자료가 들어갔다.

"그래서 우리는 에인헤랴르들을 깨웠고, 그들에게 침식을 허락지 않는 특수 장비와 육체를 갖추게 한 뒤 밖을 정찰하게 끔 했습니다. 그리고 이승과 저승의 단층을 사용하여 도시를 보호했습니다."

"그렇군. 그런데 자네가 얘기해 줄 수 있는 부분은 어디까지인가?"

그가 꽤 충실한 전사라고 느꼈기 때문에 내놓은 질문이었다.

"이후로는 앞으로 만나실 분들께 직접 들으시는 것이 좋습니다."

"그리하겠네."

꽤 오랫동안 걸어 니블헤임의 정문에 도착한 일행은 산과 같은 높이의 외벽을 잠시 구경했다.

그 정도 높이의 벽은 흔했기에 크게 놀라는 사람은 없었다. 하지만 벽에 달라붙은 서리의 느낌은 모두를 긴장시킬 정도로 요사스러웠다.

발터와 이야기를 나눈 문지기 대장은 부하들에게 문을 열라는 수신호를 보냈다.

조금 뒤, 정문이 대단히 묵직한 쇳소리를 내며 좌우로 열렸다. 정문 좌우의 외벽에 붙은 배기구에서 증기가 뿜어지는 모습이 장관이었다.

정문은 사람들이 지나갈 정도로만 열렸다.

"들어가십시오. 니블헤임에 오신 것을 환영합니다."

하이엘바인 일행은 문지기들의 시선을 받으며 문을 지나갔다. 문의 이동을 쉽게 하게끔 장치된 바퀴와 그 축에 잔뜩 묻은 기름의 냄새가 강렬했다.

그들이 들어간 뒤, 문지기 대장은 다시 문을 닫으라는 신호를 보냈다.

"저 황금 갑옷을 입은 여자는 누구입니까?"

옆에 서 있는 부하의 질문에 문지기 대장은 투구를 벗고 안에 찬 땀을 닦았다. 그 역시 발터와 마찬가지로 도마뱀의 머리였다.

"저분이 바로 하이엘바인님이시다."

"예?"

"혼자서 옛 니블헤임의 군대를 상대하시고 자신의 부하를 구출한 분이시지. 저분을 책으로밖에 접하지 못했던 너희들은 실감을 못할 거야. 나는 저분의 그림자를 본 것만으로도 죽을 지경이지만 말이지."

감회에 젖은 문지기 대장은 고개를 저으며 웃었다. 그의 머리에 흐르는 땀은 아직 가시지 않았다.

"오늘은 정말 역사적인 날이군."

니블헤임의 정문에서 도시로 향하는 큰 도로는 그리 깨끗하지 못했다. 가죽이나 판자로 대충 만든 수많은 가건물들이 도로 좌우에 세워져 있었다.

가건물 모두 지저분했지만 안에서 나오는 사람들도 만만치 않게 지저분했다. 인간만 있는 것이 아니라 각종 수인(獸人)들들도 많았다.

그 수가 대단했다. 가건물 안에 있는 아이들까지 합산하면 2000명이 넘었다.

그런데 그들 모두가 하이엘바인이 걸친 '금색'에 눈을 빼앗겼다.

몇몇이 그녀를 부자로 착각하여 자비를 외치며 달려들자 발터의 부하들이 그들을 막았다.

방패를 이용한 제지에도 불구하고 몰려드는 자들의 수는 점점 많아졌다. 그 인파 전부가 금색에 혈안이 되어 괴성을 질렀다.

"제발, 제발 우리를 도와주십시오!"

"먹을 게 없습니다! 너무 추워요!"

"우리 애가 죽어가고 있어요!"

몸집이 아주 작은 수인들이 병사들의 다리 사이를 빠져나와 하이엘바인의 다리를 붙들었다.

"아빠가 아파요! 아프다고요! 좀 도와주세요!"

하이엘바인이 멈칫했다.

"음, 그럼 어떻게 해야 그대를 도울 수가……."

"속지 마십시오."

발터가 그 작은 수인의 뒷덜미를 잡아 들어 올렸다.

"지난주에 방문한 손님에겐 홀어머니가 아프다고 했을 텐데?"

발터와 눈이 마주친 수인은 잠시 가만히 있다가 갑자기 길가로 침을 찍 뱉었다.

"쳇, 발터로군. 같이 늙어가는 사이에 이러지 말자고."

수인의 인상이 단숨에 변하자 하이엘바인이 흠칫했다.

발터가 그의 뒷덜미를 더 꽉 잡았다.

"나를 젊게 봐주는 건 좋지만 한 번만 더 들키면 네 털가죽으로 공중화장실 변기가 얼마나 잘 닦이는지 시험해 주마."

그 수인을 획 던진 발터는 부하들에게 무기를 빼 들라는 지시를 내렸다.

"지금부터 일정 한도 이상 접근하는 자는 모조리 쳐라."

에인헤랴르들이 무기를 들었다. 방패에 붙어 울부짖던 자들이 전부 표정을 싹 바꾸고 자기 자리로 돌아갔다.

무기에 놀란 얼굴이 아니라 재수 옴 붙었다는 표정이었기에 하이엘바인은 경악했다.

그 지역을 지나 도심으로 들어가는 2차 관문에 도착해서도 하이엘바인은 여전히 충격에서 벗어나지 못했다.

"아까 그 상황은 무엇인가? 좀 이해가 안 되네만?"

"슬럼(Slum)이라 하여, 따로 격리된 불량 이주민들의 주거지입니다. 어른부터 아이까지 사기와 거짓말을 일삼으니 무슨 일이 있더라도 대응하지 마십시오. 죽이시는 것은 괜찮습니다."

발터의 설명에 리오가 뒤이어 질문했다.

"슬럼이 저곳만은 아닌 것 같습니다만."

"도시 외곽은 전부 슬럼입니다. 하지만 나가는 사람들은 귀찮게 하지 않으니 안심하셔도 됩니다."

하이엘바인은 갑옷을 바꿔 입을 것을 심각하게 고려했다.

"도심은 좀 괜찮나?"

"음……."

발터가 미묘하게 고개를 틀었다.

"슬럼에 비해서는 괜찮습니다만 상인들 전부가 바가지를

씌울 꿈에 부풀어 있으니 뭔가 구입만 하지 않으신다면 쾌적

하실 겁니다."

"아, 알았네. 기억하겠네."

리오는 뭐 이런 도시가 다 있냐고 생각하는 한편, 발터가

의외로 재치있는 인물일지도 모른다고 예상해 봤다.

니블헤임의 도심은 밖에서 봤듯이 건물로 빽빽했다. 더불

어 건물들의 높이도 다른 도시들을 압도했다.

시작부터 밖에선 보기 드문 3층 건물이 보이더니 안쪽으로

갈수록 건물의 고도가 점점 높아졌다. 2시간 정도 걸은 끝에

나타난 중간 구역부터는 10층을 넘었다.

이 세계의 평균적인 건축 기술을 훨씬 초월하는 것들이었

다.

루이체가 리오의 망토를 톡톡 잡아당겼다.

"오빠, 건물 유리창들을 좀 봐."

리오는 루이체의 말대로 창문들을 둘러봤다.

"유리들의 품질이 대단해! 제작 공법부터가 달라!"

"뭐, 더 신기한 것들을 두 개나 봤잖아?"

그 두 가지는 증기의 힘을 이용해 움직이는 강철의 문들과

보일러 시설이었다.

니블헤임의 건물들은 위쪽만 좀 얼어붙어 있을 뿐, 아래쪽

은 일정 위치마다 설치된 대형 보일러가 땅에 흘려주는 열기

덕분에 원래의 색인 갈색을 띠었다.

위쪽이 끝없이 얼어붙는 것과 반대로 아래쪽은 끝없이 녹으면서 길바닥은 마른 곳을 찾아보기 힘들 정도로 축축했다.

중간 구역에 들어서자 형형색색의 건물들이 화려하게 모습을 드러냈다.

건물의 형태는 아름다웠다. 외부와 내부는 뭔가를 불에 태워서 내는 빛이 아닌 또 다른 성질의 빛으로 밝게 빛났다.

모두가 가스를 이용한 빛들이었다.

"기술이 대단하군요."

리오가 감탄했다.

"아스가르드와는 다르지."

하이엘바인이 말했다. 건물들로부터 쏟아지는 형형색색의 빛들 때문에 하이엘바인의 갑옷과 머리카락도 스테인드 글라스처럼 화려했다.

"지옥이라는 별칭 때문에 오해하기 쉽지만 니블헤임은 원래부터 가식적인 화려함의 극치를 자랑했다네. 이 도시의 밑으로 흐르는 용암으로부터 열과 가스를 뽑아내어 생물들이 살아갈 따뜻한 온도와 빛을 만드는 것이네."

그녀가 눈밑에 힘을 주었다.

"자네도 봤으니 알 것이네. 이곳은 위치상으로 날씨가 온화해야 한다네. 그런데도 찬바람이 부는 것은 이 도시에서 땅

속의 열을 그만큼 많이 뽑아냈다는 말일세. 결코 좋은 일은
아니지."

주위 분위기를 가라앉히는 설명이었다.

안내를 위해 앞에서 걷던 발터는 투구의 창으로 그녀를 잠
깐 본 뒤 다시 앞쪽에 눈을 돌렸다.

조금 뒤, 상가에 들어선 일행은 큰길 좌우로부터 앞쪽으로
쭉 이어진 상가 건물들을 보고 아연실색했다.

슬럼과 마찬가지로 상가는 온갖 모습의 지적 생명체로 가
득 차 있었다.

박물관이 아닐까 싶을 정도로 종이 다양하고 그 수가 많았
다. 가장 수가 많은 종은 발터와 마찬가지로 도마뱀 머리를
가진 자들이었다.

그다음으로는 키가 인간의 허리에 올까 말까 하는 작은 수
인들이 생쥐처럼 부글거렸다. 고양이처럼 생긴 수인도 꽤 많
았다.

리오는 어린 수인들이 길 한복판에서 꼬리를 흔들며 달려
가는 모습에 자신도 모르게 웃었다.

"이렇게 많은 수인들을 한꺼번에 본 기억은 없는 것 같아."

"오빠가 맡을 만한 사건은 대부분 인간들이 치잖아."

루이체의 말에 정곡을 찔린 리오는 헛기침을 했다.

수인들은 지능이 낮은 관계로 신계에서 관여할 만큼 큰 사

건을 저지르진 못한다. 대단히 낮은 확률로 뭔가를 잘못 건드
리는 것이 고작이었다.

상인들을 살피던 쑤밍이 걱정스레 말했다.

"그런데 표정들이 안 좋지 말입니다."

"그렇구나."

동의한 하이엘바인이 발터를 불렀다.

"자네가 말한 그 정체불명의 적들이 도심까지 공격했었
나?"

"그렇진 않습니다. 그저 장사가 잘 안 되어 저러는 것뿐입
니다."

그러나 상인들과 행인들의 얼굴에 드리워진 어둠은 걱정
이 아니라 공포에 가까웠다. 그것도 소문이 불러온 공포가 아
닌, 더 직접적이고 확실한 것에 대한 공포였다.

상가에 가득 찬 인파 때문에 하이엘바인이 대열에서 이탈
했다. 손에 든 궁니르에 행인들을 다치지 않게끔 배려하려다
가 그리된 것이다.

"우와아……."

그녀가 당황하던 그때, 검은색 중절모를 쓴 고양이 수인이
사람들 사이를 재빨리 뚫고 들어와 하이엘바인 옆에 다가섰
다.

"여어, 금색 아가씨. 이 멋진 오빠가 재미있는 걸 좀 가르

쳐 줄까?'

외모와 전혀 어울리지 않는 그의 느끼한 목소리와 말투에 공기가 싸늘해졌다.

그녀에게 가까이 가던 리오 일행도 그것을 똑똑히 들었다.

'사기꾼이다!'

모두가 그렇게 판단했다.

"상냥하시구려!"

하이엘바인이 해맑게 웃었다.

그 고양이 수인을 내쫓기 위해 걸음을 늦추던 발터가 그녀의 반응을 보고 깜짝 놀랐다. 수인 역시 엉겁결에 할 말을 잃고 큰 눈을 깜박거렸다.

'오, 세상에.'

일행은 자신들이 창피를 당한 느낌을 받았다.

"어떤 정보를 주려는 거요?"

그녀가 즐겁게 물었다.

"그, 그러니까⋯⋯."

수인은 당황하여 말을 제대로 못했다. 이렇게 진지하고 순수하게 반응하는 표적은 처음이었기 때문이다.

하지만 그는 용기를 내어 원래 하려던 이야기를 꺼냈다.

"세, 세상에는 말이지, 아가씨! 나처럼 인간의 말을 할 줄 아는 동물들도 있다고!"

"오오."

비아냥거리는 감탄이 아니라 진짜 감탄이었다. 고양이 수인의 눈꺼풀이 평소보다 몇 배는 더 빠르게 열리고 닫혔다.

"하지만 맨입으로는 그에 대한 이야기를 해줄 수 없어!"

거기까지 얘기를 한 수인은 얼마 못 가 자괴감에 시달렸다.

하이엘바인이 안타깝다는 듯 고개를 갸웃거렸다.

"음, 미안하오. 돈 관리는 내 동료가 한다오. 한번 그에게 얘기해 보시오."

'동료?'

그녀가 가리킨 사람은 리오였다.

자신을 노려보는 붉은 장발의 사내와 시선이 마주친 수인은 꼬리가 바짝 일어날 정도로 긴장했다.

"아는 것이 매우 많아 보이는 동료로군! 그럼 난 가겠네, 금색 아가씨! 하하하하!"

수인이 잽싸게 인파 속으로 사라졌다.

"아, 잠깐……!"

수인이 길목 틈새로 사라지자 하이엘바인은 좋다 말았다는 식으로 입술을 불쑥 내밀었다.

"왜 저러지? 자네가 협박이라도 했나?"

"남자에게 부끄러움을 타는 친구 같군요."

리오는 그녀의 손을 붙잡고 대열로 다시 돌아갔다.

루이체는 리오가 시장에서 잃어버렸던 아이를 다시 데려오는 아빠처럼 보였다.

"소관의 대응이 안이했습니다. 잠시 기다리십시오."

발터가 에인헤랴르들을 이용해 인파를 밀어내고 길을 텄다.

한편으로 그는 방금 전 목격한 하이엘바인의 모습에서 생소함을 느꼈다.

'원래 저런 분이셨나?'

정리가 끝나자 그는 다시 일행을 안내했다.

그들은 증기로 움직이는 열차를 타고 중간 구역을 빠져나갔다. 에인헤랴르들은 열차가 정차하는 곳 근처에 위치한 시설로 들어가 더 이상 따라오지 않았다.

열차의 차창 밑에는 붉은색 가죽으로 덮인 긴 좌석이 놓여 있었다. 좌석의 형태와 그 소재가 일반 주민에게는 허락되지 않는 물건처럼 보였다.

어차피 열차가 정차해 있는 지역부터 완전히 통제되고 있었다.

일행과 함께 좌석에 나란히 앉은 리오는 열차 내부를 둘러봤다. 지금 앉은 좌석 외에 사람이 잔뜩 탈 만한 구조는 어디에도 없었다.

천장에 빛을 발하고 있는 샹들리에는 규모가 꽤 있는데도 불구하고 그 알 하나하나가 진짜 보석이었다. 그것이 열차 안에 몇 개나 달려 있었다.

가운데에 놓인 테이블에는 깨끗한 물이 든 투명한 주전자가 잘 세공된 컵과 함께 놓여 있었다.

그것들 모두가 상당히 오래된 느낌이었다.

'손질이 잘된 유물들이라고 해야겠군.'

구경하던 그는 건너편에 앉은 발터를 봤다. 그는 열차에 탈 때 벗은 투구를 옆에 놓은 채 작은 책을 읽고 있었다.

"실례합니다, 발터님."

리오의 부름에 발터는 붉은색 끈으로 된 책갈피를 읽던 부분에 끼운 뒤 상대를 응시했다.

"말씀하십시오."

"저와 함께 온 쑤밍은 용족입니다."

"아, 예……."

발터가 말끝을 흐리며 리오의 옆을 봤다. 그의 반응이 조금 이상하자 리오는 하이엘바인과 루이체, 쑤밍이 앉아 있는 그곳을 봤다.

그녀들은 좌석에 거꾸로 앉은 채 창밖을 보며 재잘거리고 있었다. 케롤도 똑같은 자세로 앉아 그녀들의 수다에 몰입하고 있었다.

"흠."

고민을 하느라 그 꼴을 미처 느끼지 못했던 리오는 조금 크게 헛기침을 했다.

넷이 우르르 돌아앉았다.

언제까지고 군인 같을 것 같던 발터도 민망해했다.

"용족에 대해서는 알고 있습니다. 리오님께서는 저와 우리 종족에 대해 궁금하십니까?"

"실례지만 그렇습니다."

"이해합니다. 우리 '요르마크' 부족은 요르문간드님께서 흘리신 피로부터 비롯되었습니다. 용족은 라그나로크에서 한 번 돌아가신 그분의 시신에서 태어났으니 우리 종족과 용족은 친척 관계라고 할 수 있습니다."

"그렇군요."

리오가 고개를 끄덕였다.

요르문간드는 전쟁이 끝난 후 용족의 신, 브리간트로 전생했다.

한때 그 역사적 흐름의 한가운데에 있었던 쑤밍은 신기해했지만 하이엘바인은 내심 불편했다.

아버지, 토르를 중독시켜서 사로잡히게 한 장본인이 요르문간드였기 때문이다.

'악연이로군.'

그녀는 투구를 벗고 숨을 돌렸다. 갑옷과 궁니르의 힘을 유지하는 것이 아직은 버거워서였다.

쑤밍이 손수건으로 그녀의 이마를 닦아주었다. 하이엘바인은 답례로 그녀의 머리를 쓰다듬었다.

도시 중심부를 향해 끝없이 달리던 열차가 이윽고 멈췄다.

열차에서 내린 모두의 눈앞에 얼음 조각처럼 예리하고 아름다운 성이 장대한 자태를 드러냈다.

성벽 바깥에는 리즈의 저택보다 몇 배나 더 큰 저택들이 장애물처럼 위치해 있었다. 그 저택들 역시 얼음으로 단단히 둘러싸여 반짝거렸다.

'헬의 본성이군.'

투구를 다시 쓴 하이엘바인이 리오를 툭툭 건드렸다.

"예, 하이엘바인님."

"뭔가 고칠 부분이 있나?"

그녀가 자못 진지하게 그를 올려다봤다. 그녀의 파란 눈에 익숙했던 리오는 지금 금색으로 영롱하게 빛나는 그녀의 눈에 신선함을 느꼈다.

"고칠 부분이라 하심은……?"

"투구를 잘못 쓴 것 같기도 하고, 피부가 좀 언 것 같기도 하고 말일세. 자네가 좀 봐주게. 이곳부터는 얕보이고 싶지 않네."

리오는 그 대목에서 그녀가 저 성의 주인이 누구인지 분명히 알고 있을 거라 판단했다.

"그럼 잠시 실례를."

리오는 그녀를 살폈다. 자세히 보니 투구가 약간 옆으로 기울어진 것 같았다.

그는 두 손으로 그녀의 투구를 조심스레 잡아 좌우를 맞춰 봤다. 하이엘바인은 눈을 지그시 감은 채 그의 교정이 끝나기를 기다렸다.

리오의 손에서 자라온 루이체와 쑤밍은 말 그대로 '그러려니' 하는 눈치였으나 케롤은 적잖은 충격을 받았다.

[리오님, 정말 하반신으로 신계를……!]

그의 뜬금없는 정신감응에 리오의 손끝이 꿈틀했다.

[지금 쓰는 건 손이야.]

흥분한 나머지 자신도 모르게 정신감응을 보냈던 케롤은 시선을 돌리고 딴청을 부렸다.

열차 대기소를 떠나 귀족 구역 안으로 들어선 하이엘바인은 개인적으로 낯익은 자들을 볼 수 있었다.

풍부하면서도 거추장한 드레스를 몸에 꽉 맞춰 입은 여성들과 케롤처럼 턱시도를 입은 남성들이 지역 내에서 유일하게 황금색을 가진 하이엘바인에게 시선을 돌렸다.

그들이 바로 니블헤임의 귀족이었다.

그들은 인간과 비슷한 키와 얼굴을 지녔지만 피부는 차가운 연보라색이었다.

여자들은 하나같이 가면무도회에서나 쓸 법한 가면을 얼굴에 쓰고 있었고 남자들은 전부 대머리이거나 머리카락을 뒤로 넘기고 있었다. 안경을 쓴 자들도 상당수였다.

'라그나로크 전쟁으로부터 상당수가 살아남았군.'

그녀는 궁니르를 꾹 쥐었다.

일행이 가는 길 오른쪽에서 누군가가 목소리를 높였다.

"하이엘바인?"

그 순간 수많은 웅얼거림이 거리 전체에 울렸다.

"하이엘바인님? 정말 그분이 오셨단 말인가?"

"분명해! 하나도 변하지 않았어! 난 저번 전쟁 때 직접 봤다고! 오, 저건 궁니르야!"

귀족들이 웅성거리는 가운데, 파트너가 없는 남성 귀족이 길에서 한 발자국 나왔다.

"황금색으로 여전한 당신을 환영합니다."

그가 허공에 손을 부드럽게 저었다.

붉은색의 꽃잎과 흰색의 꽃잎이 신묘한 향기를 품은 채 하이엘바인의 머리 위에서 흩날렸다.

그녀가 자신을 응시하자 남자 귀족은 만족한 듯 웃으며 허리를 굽혔다.

"영광입니다, 하이엘바인님. 아스가르드의 위대한 신족이 시여."

대단히 큰 목소리였다.

거기서 끝나나 싶었다. 그러나 남자는 순간 품속에서 단검을 꺼내 하이엘바인에게 달려들었다.

"지금이야말로 위대한 복수를!"

하이엘바인은 꿈쩍도 하지 않았다.

그녀가 위험해지기도 전에 쑤밍이 귀족을 붙잡고는 길바닥에 거꾸로 메다꽂았기 때문이다.

한순간에 기절한 남자의 쫙 펴진 두 다리가 땅에 툭툭 닿았다.

그를 놓은 쑤밍은 흠칫했다. 그녀가 쓰러뜨린 남자의 표정은 복수를 부르짖은 자의 것이라고 볼 수 없었다.

그는 희열에 젖어 있었다.

발터가 오른손을 들더니 뭔가를 움켜쥐듯 주먹을 꾹 쥐었다.

어디선가에서 나타난 요르마크 부족의 병사들이 기절한 귀족을 부축하여 저택 사이의 골목으로 사라졌다. 검은색 제복을 입은 모습과 움직임이 보통내기가 아니었다.

귀족들이 그 꼴을 보고 깔깔대며 웃었다.

"여기서 하이엘바인님께 원한이 없는 자가 어디 있단 말인가? 하하하하!"

"남작의 용기에 찬양을!"

"좀 더 자극적인 환영은 없는 건가? 하하하!"

리오 일행은 자신들이 오래되어 변질되고 만 원한의 한가운데에 있다는 사실을 알아버렸다.

그들을 지나쳐 귀족 구역을 벗어난 하이엘바인은 탄식하듯 한숨을 내쉬었다.

그녀가 올 것을 어찌 알았는지 상당수의 귀족들이 성문으로 가는 길 좌우에 잔뜩 늘어서 있었다.

제복을 입은 요르마크 부족 병사들이 그들을 막고 있었지만 귀족들이 쏟아내는 온갖 비아냥거림까지 막아내진 못했다.

그들의 추한 목소리는 케롤에게도 쏟아졌다.

"악마잖아?"

"노예의 후손이 이 니블헤임에? 청소를 부탁하지 않으면 안 되겠군."

"그전에 방독면을 써야 하지 않을까? 하하하하!"

흰 가면을 쓴 여자 귀족이 케롤을 향해 향수를 뿌렸다. 그의 안경에 향수 물방울이 잔뜩 묻었다.

앞서 발터가 했던 경고가 그대로 실현되고 있었다.

하지만 케롤은 훌륭하게 견뎌냈다. 루이체와 쑤밍이 내심 감탄했다.

성문을 통과한 일행은 곧장 본성으로 들어갔다.

케롤은 하얀 손수건으로 묵묵히 안경을 닦았다. 표정에는 변화가 없었지만 그 젊은 고위 악마는 끔찍한 복수심을 품고 있었다.

리오는 성의 표면을 살폈다. 얼음인 줄 알았던 것들이 전부 방어를 위한 결계였다.

'대형 마법조차 안 통하겠군.'

그는 발터를 따라 이동했다. 루이체는 그와의 거리를 조금 더 좁혔다. 성 자체에 흐르는 이상한 압박감이 두려워서였다.

길고 긴 복도를 통과한 끝에 일행은 이 도시의 최종 지점이라 할 수 있는 알현실의 문에 도달했다.

하이엘바인의 갑옷에서 흐르는 황금색이 약간 어두운 복도를 환히 밝혔다.

근위병은 발터와 마찬가지로 요르마크족이었다. 발터보다 조금 더 화려한 투구와 갑옷을 쓰고 있는 그들은 하이엘바인에게 경례를 한 뒤 안쪽에 신호를 보내어 문을 열어주었다.

하이엘바인은 발터보다 앞서 알현실로 들어갔다.

근위병들이 그녀의 성급한 모습에 조금 당황했으나 발터

는 고개를 저어 그들을 안심시켰다.

그녀가 알현실 안으로 들어가자마자 커다란 박수 소리가 터졌다. 단 한 사람이 치는 것이었지만 대단히 강력한 기운이 내재되어 있었다.

하이엘바인은 노여움이 서린 눈으로 박수 치는 자를 봤다.

"오랜만이로군, 로키."

리오는 역시나 하는 얼굴로 주먹을 살짝 쥐었다가 폈다.

'거부하면 죽이라고? 저 로키를?'

다리를 꼰 채 옥좌에 앉아 있던 남자가 박수를 유지하며 일어났다.

"드디어 만나는구나, 하이엘바인!"

소리친 옛 신, 로키는 팽팽한 젊음을 과시했다.

한껏 멋을 낸 분홍색의 머리는 장신구처럼 보일 정도로 화려했고 몸매는 늘씬하게 빠진 것이 몸을 돋보이게 해줘야 할 옷의 기능을 압도했다.

좌우에 매단 큰 귀고리는 윤기가 흐르는 타원형 금속이었다. 그 중심에 박힌 붉은색의 보석이 상당한 존재감을 과시했다.

"이게 얼마 만이지? 오딘의 위대한 패배로 전쟁이 끝난 이후 처음인가? 헤에."

그가 말끔한 외모에 어울리지 않게 혀를 내밀었다.

푸른색으로 날름거리는 혀의 율동에 루이체와 쑤밍은 제법 충격을 받았다.

"치졸한 승리자가 왜 이런 곳에 박혀 있나?"

하이엘바인이 맞섰다.

"이런 곳? 아, 역시 나에겐 신계가 어울린다고 생각하나 보군."

그는 시녀가 들고 있는 술잔을 들어 벌컥 마셨다.

그가 시큼하다는 표정을 지었다.

"흥미없어. 현재의 신계는 어딜 가든 나 같은 놈들뿐이거든. 거짓말과 밀고, 야비함, 첩보가 더 중요해졌지. 아스가르드가 있을 때 그런 일들은 나만의 개성이었잖아?"

그는 손에 쥔 술잔을 시녀에게 던져 넘겼다. 가까스로 술잔을 받아 든 시녀의 흰옷에 남은 술이 닿아 번졌다.

"모두 알고 있는 거지. 그걸로 승리하는 것이 더 이득이라는 사실을 말이야! 굳이 네 아버지 얘기는 하지 않아도 되겠지?"

순간 분개한 하이엘바인이 숨을 멈췄다. 그녀가 일시에 방출한 힘에 의해 알현실은 물론 성 전체가 흔들렸다.

로키는 이마를 잡고 미친 듯이 웃었다.

"으하! 이거야! 바로 이거야! 영겁의 세월 동안 느끼지 못했던 나에 대한 분노! 다른 자가 보내는 노여움! 여태껏 전부

나에게 좋은 말만 해대서 미칠 지경이었다고!'

한껏 웃던 로키가 갑자기 웃음을 멈췄다.

"주신계에 너를 보내달라고 한 보람이 있군."

그의 코앞에서 하이엘바인의 궁니르 끝이 파르르 떨렸
다.

"너무 흥분하지 마. 지금 내 입장은 너의 협력자라고."

그가 검지로 궁니르의 창날을 톡 쳤다. 그러자마자 그의 손
가락이 재로 변해 흩어졌다.

"오, 이런."

그가 손을 얼른 재생시켰다.

로키는 저벅저벅 걸어 옥좌에 다시 앉았다.

"렘런트라는 녀석들 때문에 골치라지? 네오 올림포스였나
하는 떨거지들도 제법 날뛴다고 하더군."

하이엘바인이 창을 물렸다.

"어디까지 알고 있나?"

"글쎄?"

로키는 군청색의 포도를 집어 입에 넣었다.

"여러 가지 알고 있다고 해야 하나? 내가 정보원들을 풀어
모은 이야기들만 따지자면 너희들은 네오 올림포스를 절대
이길 수 없어. 나도 그렇지. 왜냐하면 놈들은 근본이 아주 다
르거든."

"근본?"

"여기까지 왔다면 아폴론을 한 번 이상 만났을 거야. 녀석은 정말 강하지. 비록 대리석으로 만든 가짜 육체를 사용하지만 놈이 쓰는 몸은 다른 놈들과 단계가 달라. 원래 사용하던 육체에 가장 근접하고 있지."

그가 인상을 찌푸렸다.

"난 녀석을 이길 수 없어. 난 신이긴 하지만 진짜 신이 아니야. 네가 알다시피 난 거인족이었지. 오딘이 나를 아스가르드로 데려가서 신처럼 꾸며줬을 뿐이야. 진짜 신이 되게 해달라고 그렇게 빌었건만 그놈의 헤임달 녀석 때문에 신이 되지못했지."

한숨 소리가 그의 입에서 포도 향기를 품고 흘러나왔다.

"난 녀석이 사용하는 화살에 스치기만 해도 죽어. 네 소원이 이뤄지는 거지."

하이엘바인은 그가 무슨 얘기를 하는 것인지 알 수 없었다.

"그래서, 네가 도와줄 수 있는 것이 구체적으로 무엇이지?"

"네가 녀석들과 대적할 수 있도록 만들어줄 수 있어."

그가 손가락을 그녀에게 내밀었다.

"헤카테의 고리에 닿았다지?"

하이엘바인의 눈동자가 흔들렸다. 뒤에서 잠자코 있던 리오도 상당히 놀랐다.

로키가 씩 웃었다.

"너무 놀라지 마. 주신계에서 전해준 이야기니까. 뭐, 개인적으로는 네가 그 고리에 잡혀 비명을 지르며 몸을 비트는 꼴을 보고 싶어. 어엿한 남자로서 말이야."

하이엘바인의 눈동자가 다시 이글거렸다.

"후후, 장난 같은 말에 당장 흥분하는 성격은 아버지랑 똑같군. 너무 걱정하지 마. 나도 주신계에 목이 묶인 상황이라 도와줄 수밖에 없어. 거부했다가는 너와 함께 온 하이볼크의 하수인이 내 목을 당장 날릴 거고 말이야."

알현실 내에 있던 모든 근위병들이 무기를 들고 리오를 겨냥했다.

"손님에게 너무 무례하지 않느냐?"

로키의 한마디에 근위병들이 물러났다.

그는 시녀 중 한 명에게 손짓을 하여 자신의 무릎 위에 앉혔다. 몸매가 그대로 보이는 드레스를 입은 그 시녀는 귀족 출신인지 연보라색의 피부를 갖고 있었다.

"헤카테의 고리는 꽤 귀찮은 물건이야. 우리 같은 옛 존재들에게는 극약이지. 오딘이라 해도 힘을 빼앗길걸?"

그가 설명했다.

"넌 여태까지 실컷 먹으면서 힘을 보충하려고 했을 거야.

지금 내 앞에서 허세를 부리려고 얼마나 먹어댔을지 상상하기도 힘들군."

"……."

"하지만 헤카테의 고리에 힘을 빼앗긴 자가 원래의 힘을 완전히 회복하기 위해서는 그저 처먹는 것만으로는 안 돼."

"그럼 넌 방법을 알고 있다는 건가?"

"물론이지!"

로키가 시녀의 어깨에 턱을 올리며 웃었다.

"그걸 알아내기 위해 나에게 충성을 바친 거인족들을 몇 놈이나 희생시켰는지 알기나 하나?"

"…그렇다면 그 방법이 무엇인가?"

"맨입으로 들으려고?"

로키는 시녀를 옆구리에 낀 채 하이엘바인에게 다가갔다.

"심부름을 좀 해줘야겠어."

그가 혀를 날름거렸다.

"너무 나쁜 짓은 아닐 테니 걱정하지 마. 아까 얘기했지? 나도 주신계는 무서워."

하이엘바인은 코앞까지 다가온 로키로부터 눈을 돌렸다.

"충실히 이행한다면 몇 가지 더 가르쳐 주지."

시녀가 바닥에 털썩 쓰러졌다. 그 모습을 본 하이엘바인은 자신이 어느새 로키의 옆에 안겨 있다는 것을 깨달았다.

　그러나 그녀는 거부하지 못했다. 로키가 그 직후 꺼낸 이야기 때문이었다.

　"네 아비에 대해서… 라던가?"

『가즈 나이트 R』 5권에 계속…

PERFECT GAME
박선우 장편 소설
FUSION FANTASTIC STORY
퍼펙트 게임
고통과 좌절의 시간들을 뛰어넘어
불사조처럼 일어나 세계를 제패한 사나이의 일대기.
대한민국을 넘어 메이저리그를 평정하며
명예의 전당에 헌정된 언터처블 투수, 이강찬.
강철 같은 어깨에서 뿜어져 나오는 그의 패스트볼은
무적이었으며 야구계에 길이 남을 신화였다.
야구만을 사랑했던 고독한 사나이.
그의 퍼펙트게임이 이제 시작된다!
Book Publishing CHUNGEORAM
WWW.chungeoram.com

가프 장편 소설

관상왕의
1번룸

FUSION FANTASTIC STORY

거대한 도시의 그늘에서 벌어지는
짜릿하고 통쾌한 이야기!

『관상왕의 1번룸』

텐프로의 진상 처리 담당, 홍 부장.
절망적인 삶의 끝에서 만난 남국의 바다는
그를 새로운 인생으로 인도하는데……

쾌락을 원하는 거부, 성공에 목마른 사업가.
그리고 실패로 절망한 사람들이여.

여기, 관상왕의 1번룸으로 오라!

Book Publishing CHUNGEORAM

유행이 아닌 자유추구 -
WWW.chungeoram.com

현대 소환술사

THE MODERN SUMMONER

FUSION FANTASTIC STORY

현윤 퓨전 판타지 소설

하늘이 무너져도 솟아날 구멍은 있다!

드래곤의 실험으로 모진 고난을 겪어야 했던 레비로스!
우여곡절 끝에 소환술사가 되어 최강의 자리에 오르지만
운명은 그를 나락으로 떨어뜨린다.

『현대 소환술사』

다시 한 번 주어진 삶!
그러나 그마저도 암울하기 그지없는데…….

소환술사 레비로스의
인생 역전이 시작된다!